9/22

LOS CHiCOS FANTASMAS

Jewell Parker Rhodes

LITTLE, BROWN AND COMPANY
New York Boston

Little, Brown and Company
Hachette Book Group
1290 Avenue of the Americas, New York, NY 10104
Visítanos en LBYR.com

Little, Brown and Company es una division de Hachette Book Group, Inc. El nombre y logotipo de Little, Brown es una marca registrada de Hachette Book Group.

La editorial no es responsable de los sitios web (o su contenido) que no sean propiedad de la misma.

Primera edición: septiembre 2022

Library of Congress Cataloging-in-Publication Data
Names: Rhodes, Jewell Parker, author. | LM Editorial Services (Firm), translator. | Belmonte Traductores, translator. Title: Los chicos fantasmas / Jewell Parker Rhodes ; traducción y corrección por LM Editorial Services en colaboración con Belmonte Traductores.
Other titles: Ghost boys. Spanish
Description: Edición en español. | New York ; Boston : Little, Brown and Company, [2022] | Originally published in English in 2018 under title: Ghost boys. | Audience: Ages 10 & up. | Summary: "After seventh-grader Jerome is shot by a white police officer, he observes the aftermath of his death and meets the ghosts of other fallen black boys, including historical figure Emmett Till."
—Provided by publisher.
Identifiers: LCCN 2022002951 | ISBN 9780316408219 (tapa blanda) | ISBN 9780316479684 (libro electrónico)
Subjects: CYAC: Police shootings—Fiction. | Racism—Fiction. | Death—Fiction. | African Americans—Fiction. | Family life—Illinois—Chicago—Fiction. | Till, Emmett, 1941–1955—Fiction. | Chicago (Ill.)—Fiction. | Spanish language materials. | LCGFT: Novels.
Classification: LCC PZ73 .R475 2022 | DDC [Fic]—dc23

ISBNs: 978-0-316-40821-9 (tapa blanda), 978-0-316-47968-4 (libro electrónico)

Impreso en los Estados Unidos de América / Printed in the United States of America

LSC-C

Printing 1, 2022

Dedicado a la creencia de que todos
podemos hacerlo mejor, ser mejores,
vivir mejor. Le debemos lo mejor
a cada niño y niña.

MUERTO

Cuán pequeño me veo. Con mi cuerpo tumbado y mi estómago tocando el suelo. Con mi rodilla derecha doblada y mis tenis Nike totalmente nuevas manchadas de sangre.

Me agacho y miro fijamente mi cara; mi mejilla derecha aplastada sobre el suelo de cemento. Mis ojos están totalmente abiertos. Mi boca también.

Estoy muerto.

Pensé que yo era más grande. Creí que era fuerte. Pero apenas soy casi nada.

Tengo los brazos extendidos como si fuera a intentar volar como Superman.

Apenas había girado para salir corriendo. *Pum, pum.* Dos balas. Se me doblaron las piernas. Caí de bruces. Me golpeé duro.

Caí sobre el suelo cubierto de nieve.

Mamá está corriendo y llorando.

—¡Mi niño! ¡Mi niño!

Un policía la detiene. Hay otro policía a mi lado murmurando: "Es un niño. Es un niño".

Mamá se esfuerza. Está sin aliento como si no pudiera respirar; cae de rodillas y grita.

No puedo soportar el ruido.

Suenan sirenas. Están llegando otros policías. ¿Alguien llamó a una ambulancia?

Yo sigo muerto. Solo sobre el terreno. El policía más cercano a mí se frota la cabeza. Tiene su pistola colgando en su mano. El otro policía está observando a mamá como si ella fuera a herir a alguien. Entonces grita.

—¡Atrás todos!

Hay gente que se va acercando y toman fotografías, toman videos con sus teléfonos.

—¡Quédense atrás!—grita el policía mientras cubre su pistolera con la mano.

Llega más gente. Algunos gritan. Oigo mi nombre.

—Jerome. Es Jerome.

Aun así, todos se quedan atrás. Algunos maldicen; otros lloran.

No parece justo. Nadie me prestó ninguna atención nunca. Yo pasaba patinando y con mi cabeza agachada.

Ahora soy famoso.

Chicago Tribune
OFICIAL: "¡NO TUVE OTRA OPCIÓN!"

Jerome Rogers, 12 años, abatido a tiros y abandonado
en el lote de la Calle Green. Policía dice: "Él tenía una
pistola".

VIVO

8 de diciembre
En la mañana

—Regresa directamente a casa. ¿Me oyes, Jerome? Regresa directamente a casa.

—Lo haré.

Siempre lo hago. Mamá se inclina y me da un abrazo. La abuela deja otro montón de panqueques en mi plato.

—¿Lo prometes?

—Lo prometo.

Es el mismo ritual cada día. Me meto un panqueque en la boca. Kim saca la lengua.

Yo soy el chico bueno. Me gustaría no serlo. Tengo problemas, pero no me meto *en* problemas. Hay una gran diferencia.

Soy un poco regordete, y se burlan de mí fácilmente; pero cuando crezca, todos van a ser mis amigos. Incluso podría llegar a presidente. Como Obama.

Kim dice que cree en mí. Por eso la soporto. Ella

puede ser molesta. Hace demasiadas preguntas, como: "¿De qué están hechas las nubes? ¿Por qué tienen formas distintas?". Me dice: "El *Minecraft* es un juego estúpido". Y me ruega que le ayude a escoger un libro en la biblioteca.

—Apresúrate, o llegarás tarde—dice la abuela. Le entrega a mamá una bolsa de almuerzo. En la escuela, Kim y yo tenemos almuerzo gratis.

Todo el mundo trabaja en nuestra casa. Mamá es recepcionista en el Holiday Inn. Su turno comienza a las ocho de la mañana.

Mamá dice que el trabajo de Kim y el mío es ir a la escuela.

Papá se va de la casa a las cuatro de la mañana. Es recolector de basura y conduce un camión. Anteriormente, eran un conductor y dos hombres que iban subidos a ambos costados del camión, y se bajaban para recoger y levantar contenedores de basura malolientes. Ahora son unos brazos de acero los que recogen los contenedores. Papá hace toda la ruta él solo. Se queda dentro de la cabina con aire acondicionado, manejando y presionando el botón del brazo mecánico mientras escucha la Motown. Grupos como

The Temptations. Smokey Robinson. *The Supremes.* Música pop de los años sesenta. Qué aburrido; el hip-hop es mejor.

La abuela se queda en casa. Cocina y limpia. Lo hace para que Kim y yo no estemos solos en casa. Prepara botanas. Nos ayuda con las tareas escolares (aunque yo prefiero jugar a juegos de video).

—El ambiente es problemático después de la escuela—dice mamá.

Yo retiro mi silla y le doy un beso.

—Regresa directamente a casa—repite mamá, remetiéndose la camisa de su uniforme blanco.

La abuela me da un abrazo, y me estruja como si fuera un globo. Me da un besito en la mejilla.

—Estoy preocupada por ti. He estado teniendo malos sueños.

—No te preocupes.

Ese es mi otro trabajo: consolar a mamá y a la abuela. La abuela es la que más se preocupa. Tiene sueños, "premoniciones", como ella las llama. Preocupación porque sucedan cosas malas. Pero yo no sé lo que son, ni dónde ni cuándo ni por qué.

—Algunas veces sueño con relámpagos, o con

terremotos. A veces son nubes oscuras que aumentan rápidamente en el cielo. Me despierto inquieta.

Recordando sus palabras, me preocupo. Sé que mamá le recordará que se tome su píldora para la presión arterial.

Papá también se preocupa, pero normalmente no lo dice. Cada mañana, antes de irse al trabajo, siempre se detiene al lado de mi cuarto (y también del de Kim).

Abre la puerta, y entra un haz de luz del pasillo. Me he acostumbrado a eso. Con los ojos cerrados, finjo que estoy dormido. Papá mira una y otra vez, y después cierra suavemente la puerta y se va a trabajar.

—¿Jerome?—la abuela me agarra del hombro—. Dime tres cosas buenas.

Yo me detengo. La abuela está realmente alterada. Se le notan mucho las ojeras.

—Tres, Jerome, por favor.

Tres. El número especial de la abuela. Ella dice cada día que tres significa "todo". Optimismo. Alegría. La abuela lo dice cada día. Cielo, tierra y agua. Tres significa que estás cerca de los ángeles.

Me muerdo el labio.

—Una, la escuela es divertida —y levanto dos dedos—. Me gusta cuando nieva. Tres, cuando sea mayor, tendré un gato.

También tendré un perro, pero eso no lo digo. Un perro serían *cuatro* cosas buenas. No puedo arruinar el mágico tres.

La abuela da un suspiro. He dicho exactamente lo que ella necesitaba oír. *Bien*, le he dicho. *Estoy bien.*

Meto mis cosas en mi mochila. Guiño un ojo y le digo adiós a mamá.

—Estudia mucho —dice ella, sonriendo y frunciendo el ceño al mismo tiempo.

Está contenta porque he confortado a la abuela, pero descontenta con las maneras sureñas de la abuela.

Mamá quiere que Kim y yo tengamos "E-DU-CACIÓN". Nos toca con el dedo cuando dice la *U*.

—E-DU —señala— CACIÓN, Jerome.

Algunas veces ese toque duele un poco. Pero lo entiendo.

La abuela dejó la escuela primaria para cuidar de sus hermanas pequeñas. Mamá y papá terminaron la secundaria. Kim y yo se supone que iremos a la universidad.

Kim está en la puerta principal con su mochila colgada del hombro. Kim es agradable, pero yo no le digo eso. Es muy huesuda; es todo codos y rodillas. Cuando ella sea adolescente, yo seré adulto, y todos se preocuparán más por ella que por mí.

—En este barrio —dice siempre mamá— es arriesgado criar a un hijo hasta que sea adulto.

Yo busqué la palabra. *Arriesgado.* "Riesgoso, peligroso".

Le doy un tirón a la trenza de Kim. Con el ceño fruncido, ella me da un golpe en la mano.

No puedo ser bueno todo el tiempo.

Más adelante, tomaré mi paga y le compraré un libro a Kim. Algo escalofriante y divertido.

Vamos a la escuela caminando. No muy rápido como si fuéramos corriendo, ni tampoco muy lento como si retáramos a alguien a que nos detuviera. Nuestro paso tiene que ser el adecuado.

La Calle Green no es un lugar pacífico; tampoco es verde. Solo hay casas de ladrillo, algunas ocupadas y otras abandonadas. Hombres sin empleo juegan a las cartas en la calle, bebiendo cerveza de latas metidas en bolsas de papel.

Hay ocho bloques que recorrer entre nuestra casa y la escuela.

A cinco bloques de nuestra casa está Green Acres. Un laboratorio de metanfetamina explotó ahí y se incendiaron dos casas. Los vecinos intentaron limpiar los escombros y hacer una cancha de baloncesto. Es patético. Un aro sin red. Las líneas de la cancha pintadas con spray. Planchas de madera hacen de tristes gradas. Al menos alguien lo intentó.

A dos bloques de la escuela, traficantes de droga entregan a clientes paquetes de polvo o de pastillas, y se guardan el dinero en sus bolsillos. Papá dice: "No hay empleo suficiente, pero aun así eso está mal. Las drogas matan". Kim y yo cruzamos la calle para alejarnos de los traficantes. Sin embargo, ellos no son lo peor. Los peores son los abusones en la escuela. Los abusones nunca te dejan en paz. La mayoría de los días yo intento mantenerme cerca de personas adultas. En el almuerzo me escondo en el vestuario, en el almacén o en los baños.

Kim desliza su mano sobre la mía. Ella sabe lo que ocurre.

—Te veo después de la escuela—le digo.

—Siempre es así—ella aprieta la palma de mi mano—. ¿Vas a tener un buen día?

—Sí—le respondo, intentando sonreír y mirando a la acera para divisar a Eddie, Snap y Mike. A ellos les gusta botar mi mochila, empujarme, bajarme los pantalones. Golpearme al costado de la cabeza.

Kim tensa su mano y se muerde el labio. Ella es inteligente para estar en tercer grado. Sabe que sobrevivir el día en la escuela no es fácil para mí.

Pero nunca lo dice.

Mamá, papá y la abuela ya tienen bastantes preocupaciones. Ellos saben que Kim es popular y yo no, pero no necesitan saber que sufro acoso escolar.

—¡Kimmeee! —grita una chica.

Kim me muestra una sonrisa. Yo asiento con la cabeza. Entonces ella sube los escalones de la escuela, con sus trenzas moviéndose mientras charla y se ríe con Keisha, cruzando a la izquierda para llegar al edificio de primaria. El de secundaria está a la derecha.

—Hola, Jerome.

Miro por encima del hombro, abrazando más fuerte mi mochila. Mike está sonriendo. Eddie y Snap, con sus puños apretados y pose de gamberros, están a su lado. Maldición. Tengo que ser súper cuidadoso.

Durante el almuerzo, me esconderé en los baños. ¿Quizá se olvidarán de mí? ¿Encontrarán otro objetivo?

Puedo esperarlo.

Igual que espero que ganaré la lotería. Un millón de dólares.

MUERTO

FANTASMA

El apartamento está lleno de gente. Las hermanas de mamá, el tío Manny, mis primos. El reverendo Thornton. La mesa de la cocina está cubierta de comida; mis platillos favoritos: ensalada de papa, pie de merengue de limón, costillas de cerdo. Si todos no tuvieran una cara tan triste, juraría que era una fiesta.

Voy a agarrar un pedazo de pan de maíz y mi mano lo atraviesa. Qué extraño, pero está bien. No tengo hambre. Supongo que nunca más volveré a tener hambre.

Me muevo, recorriendo la sala en círculo.

Las personas no me atraviesan. Es como si sintieran que estoy ocupando espacio. Aunque no pueden verme, cambian de rumbo y se alejan. Me alegra eso. Es suficiente con estar muerto sin que los demás entren y salgan de mi cuerpo como en la película *Los cazafantasmas*.

————

Mamá está en mi cuarto, tumbada en mi cama con sábanas de baloncesto color naranja. En la pared hay un póster de Stephen Curry lanzando la pelota.

Mamá tiene los ojos hinchados. La abuela agarra su mano como si fuera una niña pequeña.

Yo no siento mucho, como si estuviera tocando en el aire los muebles o la mano de mamá. ¿Quizá eso es lo que sucede cuando estás muerto? Pero ver a mamá llorar me hace enojar, lanzar algo al suelo. *Mi interior* sufre; *lo exterior de mí* no siente nada. Intento tocar a mi mamá, pero *nada*, igual que con el pan de maíz. Mamá está temblando, y me entristece no poder consolarla.

Me dirijo a la puerta. Kim está leyendo un libro. Ella hace eso cuando se oyen disparos afuera, o cuando nuestros vecinos, el señor y la señora Lyon, se pelean y gritan. Por ahora, sé que ella está bien. Leer la hace sentirse mejor.

Me quedo en la puerta, asombrado de que mi cuarto esté lleno de familia y ya no es mi cuarto. No es mi lugar donde imagino y sueño que juego al baloncesto universitario. O que estoy en el ejército, lanzándome desde aviones. O que estoy rapeando en la radio. O que soy presidente.

A mi derecha, papá está apoyado en el rincón. Como si quisiera desplomarse en el espacio y desaparecer. Tiene los ojos cerrados y los brazos cruzados sobre su pecho. ¿Con quién hará lanzamientos ahora? ¿O con quién comerá *hot dogs* mientras anima a los Chicago Bears?

—Estoy aquí. Sigo aquí—digo con voz ronca.

Mamá, sobre mi cama, está acurrucada de lado; papá aprieta los labios. La abuela levanta la vista, buscando.

—Aún estoy aquí, abuela.

Su cara es un caos arrugado. No me di cuenta antes, pero la abuela es muy vieja. Levanta la mirada y mira atravesándome. Sus ojos brillan; asiente con su cabeza. *¿Es que ve? ¿Es que me ve?*

El reverendo Thornton pasa junto a mí. No se da cuenta de que mete el estómago y entra de costado en el cuarto. La abuela lo nota. Nadie más piensa que eso es extraño.

—Deberíamos orar —dice él.

—¿Por qué? —pregunta papá—. Jerome no va a regresar.

Mamá da un grito ahogado.

—James. No conocemos la voluntad de Dios.

—Es la voluntad del hombre; es un policía actuando como un necio. Asesinó a mi chico —el puño de papá golpea la pared, y el yeso se agrieta. Nunca he visto violento a papá.

—Él está en un lugar mejor —dice el reverendo—. Jerome está en un lugar mejor.

¿Lo estoy?

Mamá se balancea, con sus brazos cruzados sobre el estómago.

—Toda despedida no es un adiós —dice la abuela.

—Mamá, no digas tonterías —se queja mamá.

—Todos los afroamericanos en el sur saben que es cierto. Muertos, vivos, no importa. Los dos mundos están cerca. Los espíritus no se han ido.

—Supersticiones—dice el reverendo con burla—. Esto es Chicago. El alma de Jerome ya se ha ido.

Yo me arrodillo.

—Aún estoy aquí, mamá. Sigo aquí.

—Lo enterraremos mañana—dice mamá llorando, y yo también quiero llorar, aunque mis ojos ya no producen lágrimas.

—Demandar, voy a demandar—dice papá—. No tiene sentido que mi hijo esté muerto y esos hombres blancos vayan de un lado a otro con vida. Libres.

—Emmett. Igual que Emmett Till—dice la abuela—. Él también era un chico de Chicago.

—No estamos en 1955—dice el reverendo, con tono calmado.

—Entonces Tamir Rice—grita papá—. En 2014. Él murió en Cleveland. Otro chico al que dispararon porque era afroamericano.

La abuela mira al espacio donde yo estoy de pie. Tiene la cabeza ladeada hacia un costado, y respira con suavidad.

—No hay justicia. No hay paz—dice papá—. Desde la esclavitud, los hombres blancos han estado matando negros—y entonces comienza a llorar. Mamá lo abraza y se mantienen muy juntos el uno del otro como si los dos se fueran a ahogar.

Se me rompe el corazón. Nada duele tanto como esto, ni siquiera las balas que abrasaron mi espalda.

Mi despertador marca las doce de la mañana. Hace nueve horas atrás estaba jugando en Green Acres.

Ahora es un nuevo día. Estoy aquí pero no estoy aquí.

¿Dónde está mi cuerpo? ¿Dónde lo tienen hasta que sea enterrado en la tierra?

"Momento de despertar".

Me volteo. ¿Quién dijo eso?

Salgo del cuarto y recorro el apartamento, pasando junto a las personas que comen, que lloran, que oran, en busca de la voz que me habló.

En la cocina, al lado de la ventana, veo a un chico de piel oscura como yo. Sus ojos son del color del terciopelo negro. Es tan alto como yo, y su cabello es corto como el mío. Él mira fijamente, como si el mundo le hubiera hecho estar tan triste.

Asustado, doy un paso atrás. Él asiente con la cabeza, como si lo esperara; entonces, desaparece.

Ya no está en la cocina. Mis manos atraviesan el cristal. Veo el cielo nocturno estrellado, la carretera con poca luz y las luces de las farolas que atraen a insectos.

Al otro lado de la calle, lo veo. Tenue como la llovizna. *¿Un fantasma?*

¿Como yo?

LA IGLESIA

Es horrible pasar días en el apartamento, con todos enojados y haciendo duelo. Es horrible no poder tumbarme en mi cama. O comer. O hablar.

No puedo dormir. No hay descanso para los muertos.

Observo a mi familia llorar, hablar en susurros. Mamá parece como sonámbula, camina por el apartamento arrastrando los pies como si todavía me estuviera buscando. Papá está siempre hablando por teléfono a gritos. Habla con abogados, con gente del periódico. No puedo pensar en nada peor que ver sufrir a mi familia.

En la noche, la sala se llena de sombras. Cosas deformes y feas. No entro en mi cuarto. Es demasiado triste. Mamá duerme allí ahora. Kim, cuya cama es el sofá, lloriquea en sueños. Por miedo a dormir, la abuela mira fijamente al techo. Papá, envuelto en las sábanas, duerme boca arriba con sus dos brazos cruzados sobre sus ojos.

Nadie descansa bien.

¿Hay algún lugar donde se supone que debo ir? Espero que sea el cielo. Un buen lugar. Pero todavía sigo aquí, que es en ninguna parte y sin poder ayudar a nadie.

La abuela tararea canciones góspel, y dondequiera que me muevo, ella parece saberlo. Me mira cuando estoy de pie al lado del televisor. Se gira cuando sigo a mamá a la cocina. Se inclina hacia delante, tarareando más fuerte cuando me siento en la silla al lado de papá.

Si ella *realmente* pudiera verme, yo estaría vivo y ella me diría: "ordena tu cuarto", "saca la basura", "lávate las manos". Extraño que me ordene hacer cosas. O que diga: "Tareas de la escuela. Nada de televisión".

*   *   *

Hoy, mamá, papá, Kim y la abuela se visten para ir a la iglesia. Es mi funeral. Yo me siento con ellos en un Cadillac negro; es el auto más bonito en el que he estado nunca.

—El ataúd abierto—murmura mamá—. Quiero que todo el mundo vea lo que le hicieron a mi hijo. ¿No es eso lo que dijo la señora Tiller? ¿No es eso?

La abuela es la primera en bajar del auto, y después Kim, mamá y papá. Después yo. La abuela susurra al aire: "Momento de continuar, chico. Momento de continuar".

Me asombro al oír que la abuela me habla; pero no puedo continuar. No sé cómo hacerlo, o a dónde continuar. ¿Cómo se supone que debo saber cómo estar muerto?

Los sigo al subir los escalones. Kim quiere que papá la cargue. Él lo hace, y ella entierra su cara en el cuello de papá.

—Señor Rogers. Señor, señor—es Carlos. Mi nuevo amigo (mi viejo amigo ahora).

Papá no lo oye, pues está ocupado consolando a Kim, pero la abuela sí. Le indica a Carlos que se acerque. Secándose las lágrimas, le da un pedazo de papel. La abuela lo mira. Lo presiona contra su corazón, y entonces le da un abrazo a Carlos: un gran abrazo que estruja, del tipo que solía darme a mí cuando estaba más contenta.

Se abre la gruesa puerta de la iglesia.

Suena música de órgano. "Sublime gracia", el himno favorito de la abuela.

Carlos baja corriendo los escalones. Todavía viste suéter con capucha. No importa el frío y la nieve.

Diáconos y señoras de la iglesia que llevan vestidos blancos rodean a mi familia abanicándolos, guiándolos desde el vestíbulo hasta el interior de la iglesia.

Yo comienzo a seguirlos. De repente, mi amigo fantasma está a mi lado.

—No entres ahí. No querrás verlo.

—¿Quién eres tú?

Lo miro fijamente. Su piel es fina como el papel, sin brillo. Tiene los hombros anchos y pómulos sobresalientes. Lleva una ropa chistosa. Anticuada.

Viste camisa blanca y corbata, y lleva un sombrero con borde.

—Soy tú.

Nada tiene sentido. Estiro mi brazo para tocarlo. *¿Quizá los fantasmas pueden tocar a los fantasmas?*

Él desaparece.

Me siento en los escalones de la iglesia. Me quedo afuera.

¿Quizá es mejor de este modo? No verme a mí mismo en un ataúd. Intento imaginar lo que Carlos quería darle a papá. Lo que vio la abuela.

¿Qué fue lo que, solo por un segundo, hizo que la abuela estuviera contenta en mi funeral?

8 de diciembre
En la escuela

El señor Myers es uno de solo dos hombres que enseñan en la secundaria. Sé que él no fue un chico popular. Sigue haciendo que sea difícil para nosotros, los que no somos populares. Es como si no hubiera aprendido nada como adulto.

En este momento, está presentando a un nuevo alumno. Con expresión seria. Como si estar de pie delante de la clase fuera a hacerte sentir bienvenido. Es como darle a un chico una señal que dice: PATÉAME. El chico nuevo lo sabe. Él se ve serio y desalentado. Viste pantalones tejanos holgados y suéter con capucha. La capucha le cubre la cabeza. El señor Myers la baja y se puede ver su cabello negro rizado, a la altura de los hombros, casi como el de una chica. Me sale un quejido.

—Carlos es de San Antonio, Texas—dice el señor Myers—. Es afortunado. Tuvo clases en español y en inglés.

—Eddie, tú hablas español, ¿cierto?

—Hablo dominicano. No conozco el español tejano.

Todos en la clase se ríen disimuladamente. La cara de Carlos se sonroja.

—Sería bueno—continúa el señor Myers—si todos ayudaran a Carlos a sentirse bienvenido aquí en Chicago.

Todos expresan molestias. El señor Myers hace que todo empeore: hace que esté de pie, que sea dependiente, y espera que nosotros ayudemos cuando lo único que queremos hacer es sobrevivir.

Esperanzado, el señor Myers mira a todo el salón de clase.

Parece que Carlos va a llorar. No es lo bastante fuerte para esta escuela. Lo lamento por él.

—Hola—le digo yo, y después hago un guiño—. *¿Qué me pasa?*

Carlos sonríe. El señor Myers actúa como si quisiera darme un apretón de manos. Señala a Carlos que se siente en una silla cerca de mí.

Siempre hay sillas vacías cerca de mí.

Lanzo una mirada a Eddie. Él cierra el puño, y lo retuerce en su palma. Va a matarme. No será tan malo como la golpiza de Carlos. Los nuevos alumnos son imanes para las golpizas.

En Chicago, algunos chicos hablan español en casa, pero nunca en la escuela. La Noche de los Padres, si Eddie tiene que hablar en español a su mamá, se cubre la boca y susurra. Cree que hablar español en la escuela no es popular, y hace caras cuando su mamá intenta conversar con sus maestros.

Me gustaría saber hablar otro idioma. "Hola" es la única palabra que sé.

Lo cierto es que ya tengo bastantes problemas hablando las palabras correctas en inglés y sin tener a grupos como Eddie, Snap y Mike metiéndose conmigo y diciendo: "Presumido". "La mascota del maestro". Todo porque no me comporto como aburrido e irrespetuoso en clase, o agresivo y ruidoso en los recesos.

Me gustaría haber terminado ya la secundaria. Ya

estoy cansado con soñar cuán diferente será la vida cuando crezca. En este momento, es *estúpida, estúpida, estúpida.*

—Oye. ¡Oye!

Camino con más rapidez, intentando escapar de Carlos.

—¿El almuerzo?

Carlos me tira del brazo. Con el invierno tan frío, su suéter con capucha no lo protegerá contra el frío. Me da lástima de él. No es culpa suya que su familia se mudara a Chicago.

—Así es como se hace—le digo—. Sígueme.

Camino con rapidez, y Carlos me sigue hasta la cafetería.

—No hay comida pastosa, ni platos.

Carlos asiente con la cabeza. Entonces, cauteloso, mira alrededor buscando a Eddie. No le digo que Mike es quien golpea más duro. A Snap le gusta morder.

—No hagas que me demore—le advierto.

Me coloco en la fila y algunos chicos se quejan; no me importa. Ser paciente durante el tiempo del almuerzo puede hacer que me golpeen. Agarro un sándwich, una manzana y un cartón de leche. Carlos hace lo mismo.

Su camiseta tiene varias zonas cosidas.

Nuestra escuela tiene todo tipo de pobres. Hay los que son un poco pobres, más pobres y también los más pobres entre los pobres.

Mi familia es un poco pobre, ya que mi papá y mi mamá trabajan. La familia de Carlos podría ser peor.

Pienso: Hoy es una EMERGENCIA roja. Sin Carlos, yo sería solo color ámbar.

—Vamos.

Salgo corriendo; Carlos me sigue, tropezando en las escaleras.

—Aquí.

Los baños en el piso de arriba están casi siempre vacíos. A los chicos les gusta bajar escaleras, no subirlas.

Normalmente, ocupo el cubículo más lejano, el que está más cerca de la ventana, pero dejo que Carlos lo ocupe.

—Pon los pies en el asiento. Nadie podrá ver tus zapatos. Come.

Carlos me mira fijamente como si yo estuviera loco.

—Funciona.

Entro en el siguiente cubículo, cierro la puerta con cerrojo y abro mi sándwich. Escucho con atención. Tras un minuto, oigo a Carlos abrir su sándwich. Me pregunto si agarró uno de atún.

—Gracias.

—De nada.

Los inodoros de la escuela no tienen tapa. Los dos estamos con las piernas abiertas por encima del agua del inodoro comiendo un sándwich. Tengo mi manzana en el bolsillo. La leche está equilibrada sobre el rollo de papel. Es chistoso que me siento mejor al no hacer esto yo solo. Es menos solitario.

—Bearden no es una mala escuela—digo, intentando ser útil.

—En San Antonio, la escuela es siempre problemática. Todos se pelean. Todos tienen miedo. Espero que sea mejor aquí.

El atún está muy reseco, y casi me atraganto.

—Aquí también nos peleamos—digo con sinceridad—. Por eso tenemos guardias de seguridad. Y detectores de metales.

Oigo la respiración de Carlos. Sabe a lo que me refiero.

Chicago probablemente sea peor que San Antonio.

—No intentaba mentir, Carlos. Claro que no. No quería que te sintieras mal.

—Está bien —se ríe Carlos—. Quizá todas las escuelas son malas, pero ¿aquí? ¿Almorzar sentados sobre un inodoro? Esto es nuevo.

Yo me río. ¿Qué puedo decir? El baño es mi escondite favorito. Nadie me busca aquí. Incluso si entra un chico, no se molesta en ir al último urinario. Me quedo quieto hasta que oigo el agua, el lavado de manos y la puerta que se abre y después se cierra.

Doy un golpe a la pared verde. Carlos también lo hace. *Pa...pa.* Añado golpes sincopados. Él hace lo mismo. *Pa, pa-pa, pa.* Doy una palmada. Él también. *Palma, palma, palma. Pa,* sigue Carlos. *Palma, palma, pa.* Carlos tararea, silba.

Poco después, estamos tocando un ritmo sobre las paredes cubiertas de grafitis como si estuviéramos tocando los bongos. Decido que Carlos es agradable. Es lo bastante inteligente para acoplarse a mí. Si yo fuera el chico nuevo, también me acoplaría a alguien.

—¿Amigo?—me pregunta, tentativamente.

¿Amigo?, no estoy seguro de cómo responder.

La secundaria es como un país. Las alianzas son difíciles, peligrosas. Las peleas de otros chicos se convierten en tus propias peleas. Tienes que preocuparte por los amigos de tus amigos, sus pandillas en las calles y en la escuela. Todos están en un grupo. Excepto yo.

Siempre se meten conmigo y me molestan, principalmente cuando Mike, Eddie y Snap se aburren. Yo soy una diana fácil. Pueden acosarme, pero sin tener que enfrentarse a ningún amigo. La única ventaja de estar solo es no tener que preocuparte por ser el apoyo de nadie.

—¿Amigo?—vuelve a preguntar Carlos—. Si esto

fuera San Antonio, te habría dicho "hola" —entonces hace una pausa—. Podemos estar al pendiente el uno del otro.

Me estremezco. No puedo ver su cara, pero oigo la esperanza. En el quinto grado renuncié a tener amigos. Es patético. En el séptimo grado, Carlos sigue esperando ser agradable, tener un amigo.

—Yo no quería mudarme, pero mi papá es ahora capataz para River North Construction. Es un buen contrato. Bueno para mi familia. Más dinero. Mi mamá va a tener un bebé.

Carlos se calla. Puedo sentir que es alguien que se preocupa. Su voz suena estresada como la mía. Probablemente, él también intenta ser bueno todo el tiempo.

—No tenía amigos en San Antonio —continúa Carlos—. No es justo vivir en dos ciudades diferentes y no tener ningún amigo.

—Sí —respondo yo sin creer lo que estoy diciendo. Sin creer que yo me arriesgaría—. Amigos.

No podemos vernos las caras, pero sé que los dos estamos sonriendo.

Creo que el señor Myers estaría orgulloso de mí. Y la abuela también.

—Silencio—. La puerta de los baños chirría y después da un portazo. *Pum.* Aunque no puedo verlo, siento que, igual que yo, Carlos se congela.

Se oyen suelas de goma y pisadas de botas. (¡Mike!), y entonces, *¡bam!* Abren una de las puertas de una patada.

—Vacío—grita Snap.

Bam. Bam. Bam, bam.

Bam. Golpean la puerta de mi urinario. Está cerrada con cerrojo. Veo los tenis Air Jordan de Snap y las botas de Mike. Eddie se agacha, intentando mirar dentro. Yo sigo quieto. Él no puede ver por encima de la base del inodoro.

Bam. Se abre de par en par la última puerta. *No, no, nooooo.* Carlos no cerró con cerrojo.

—Te agarré—alardea Eddie.

—Para, ¡para!

Mike está arrastrando a Carlos. Puedo ver que sus piernas patean, lo oigo intentando agarrarse a la puerta, quedarse en el urinario.

—Déjame en paz.

Eddie me presiona y me caigo al inodoro, moviéndome para intentar mantenerme seco.

Carlos está llorando. Salgo enseguida, y empujo a Mike para que lo suelte. Mike me da un puñetazo. Eddie agarra el cuello de mi camisa.

—Para, déjalo en paz.

—Tú no eres nada en Chicago. Dilo—Snap le retuerce el brazo a Carlos—. Dilo: "No soy nada".

Carlos lo mira con furia.

—Eres un tarado—Snap lo retuerce con más fuerza—. Un insignificante como Jerome.

Mike y Eddie se ríen. Enojado, Carlos se sacude. Su pierna se balancea.

—No—le advierto.

Carlos da una patada. Snap grita y se agarra la rodilla. Carlos da un puñetazo, pero su puño apenas si golpea el hombro de Snap.

Mike golpea a Carlos, y él cae de espaldas. Entonces, Mike y Snap patean ambos a Carlos. En el estómago. En la cabeza.

Carlos se retuerce, y sus brazos se sacuden. Eddie me agarra para que no me acerque. Yo me estiro con fuerza.

—Lo diré—digo a gritos. No me importa si soy un soplón—. Voy a decirlo.

Eddie me lanza contra la pared.

Los tres me miran, con sus caras rugientes. Están furiosos. No esperaban que me enfrentara a ellos.

Yo estoy temblando. Por lo menos no están pateando a Carlos, pero me harán daño a mí. Mucho daño. Asustado, me preparo para lo que llegará.

No voy a suplicar.

Eddie se ríe. Con su risa de conejo y espeluznante. Mike me empuja por el hombro.

—No lo digas a nadie—me amenaza.

—Sí—añade Snap—, no le dirás nada a nadie.

—Muerto.

Todos nos giramos. Carlos tiene una pistola.

MUERTO

Vista preliminar
Tribunal de Chicago

18 de abril

Es abril. Yo llevo muerto cuatro meses.

En el tribunal, me siento pegajoso y frío. No frío por la temperatura, simplemente frío y vacío. Estoy atascado. Atascado en el tiempo. Atascado en estar muerto.

Mamá, la abuela y papá están en la primera fila de la sala detrás del fiscal. Reporteros, dibujantes, el reverendo Thompson, oficiales y gente de la comunidad llenan el resto de los asientos. Justo detrás de la mesa del abogado está una mujer blanca y una chica, su hija quizá. Las dos tienen el cabello color arena. Ambas se ven tristes.

No hay jurado; solamente asientos vacíos.

La jueza no es alta, tendrá la misma altura que mi

mamá. Lleva zapatos negros. Tiene las uñas pintadas de rosa.

—Las vistas preliminares—dice ella—no determinan inocencia o culpabilidad. Determinan si hay evidencia suficiente para un juicio. Si el oficial Moore debería ser acusado de asesinato.

Me parece lamentable. Yo estoy muerto, ¿no es así?

Hay un policía sentado en el banquillo, por debajo de la silla de la jueza. Su cabello también es de color arena. Tiene los ojos azules y vidriosos. Un abogado le está diciendo algo, pero él no escucha, solo mira a la mujer y a la chica. Creo que son su familia.

—Oficial Moore, ¿puede responder la pregunta?

—¿Señor?—el oficial mira a ese hombre delgado.

—¿Temía usted por su vida?

—Sí, sí. Él tenía una pistola.

—¿Le sorprendió después cuando resultó que la pistola era de juguete?

—Sí. Parecía de verdad. Me resultaba amenazante.

Yo meneo negativamente la cabeza. Nunca apunté con la pistola al policía. Me acerco al oficial. *¿Por qué está contando mentiras?*

La chica que está en la primera fila me señala y le

susurra a su mamá. Yo miro a la chica, que tiene sus ojos muy abiertos de miedo. ¿Y su papá tenía miedo de mí?

Su mamá le dice que se calle, y baja su mano.

El fiscal continúa su interrogatorio.

—¿Qué edad tenía el agresor?

—Pensé que por lo menos veinticinco. Era un hombre. Un hombre peligroso.

—Entonces, ¿usted hizo su trabajo como lo entrenaron?

—Sí.

—¿Se sorprendió al descubrir que el hombre era un chico? ¿Un chico de doce años?

Mamá comienza a gemir, a llorar, suavemente pero agudo.

—Me sorprendió. Era muy grande, enorme. Daba miedo.

—¿Se sintió usted amenazado?

El oficial hace una pausa. Yo lo miro directamente a los ojos. Él me mira atravesándome. Está estudiando a su esposa y su hija. Su hija me está estudiando a mí. No sé por qué o cómo ella puede verme.

Él traga saliva, y su lengua se mueve contra su labio inferior.

—Yo…me sentí…amenazado.

Papá se pone de pie y comienza a gritar.

—Un hombre adulto. Dos hombres adultos. Usted. Su compañero, el oficial Whitter. Armados. ¿Amenazados por un muchacho?

Mamá llora.

La jueza golpea su mazo.

—Silencio. Silencio en la sala.

—¡Las vidas de la gente de color importan!—grita alguien.

—Jerome importaba—grita la abuela—. Era un buen chico.

—¡Orden, orden!—grita la jueza.

Los guardias de seguridad se mueven hacia mis padres. Yo me derrumbo en el piso, sintiendo como si me hubieran vuelto a disparar. Estoy furioso.

No hay ningún orden. Solo espirales de ruido, lloros, gritos y mandatos. El artista del tribunal dibuja rápidamente. Los reporteros empujan y gritan haciendo preguntas. "¿Puede haber justicia?". "Oficial

Moore, ¿lo lamenta?". "Señora Moore, ¿puede decirnos cómo se siente? ¿Hizo bien su esposo?".

Yo no oigo ninguna respuesta. ¿Qué importa si el oficial Moore lo lamenta? ¿O si lo lamenta su esposa? ¿O si lo lamenta el mundo entero?

Me quedo mirando fijamente al techo. Está pintado de azul.

—Te veo.

Me sorprendo. Esa chica blanca está de pie a mi lado, mirándome fijamente.

Con su boca en forma circular, tiembla. Sus ojos son muy azules; ella no es un fantasma, es la hija del oficial Moore.

¿Qué significa eso?

No es genial.

¿Por qué no puede ser Kim quien me ve? ¿Por qué es esta chica estúpida?

VIVO

8 de diciembre
La pistola

Carlos mueve la pistola sin control, apuntando a Eddie, Mike y Snap. Yo doy un paso atrás, moviéndome a la izquierda, más cerca de la puerta que da al pasillo. Debería haber sido más listo. Los amigos te meten en problemas.

—Déjame en paz. Lo digo de veras—Carlos logra ponerse de pie.

—Solo estábamos jugando—dice Mike.

—No hay que alterarse—añade Snap.

—¿Cómo metiste una pistola en la escuela?— pregunta Eddie mirando con furia.

Carlos no responde.

—¡Déjennos en paz!—grito yo, aunque estoy nervioso. Doy un paso más cerca de Carlos, lejos de la línea de fuego entre la pistola y Eddie.

Mike, Eddie y Snap intentan no parecer asustados.

Carlos sujeta la pistola firmemente, con las dos manos. Él parece más asustado que ellos.

Eddie agarra el hombro de Mike.

—Vámonos.

Mike no quiere irse, pero Eddie es el líder.

—No me importa un chico de Texas—dice Snap con desprecio.

—Debería regresarse a Texas—escupe Mike—. Nos vemos.

Nos vemos, ¿para qué? ¿Para que nos golpeen?

—Si regresas, lo lamentarás—amenaza Carlos.

—Sí—advierto yo—. Lo lamentarás.

—¿Y ahora eres un tipo duro, Jerome?

Me da un escalofrío, y no respondo a Eddie. Estoy asqueado. Lamento haberme metido en este lío.

Carlos proyecta la pistola hacia Eddie.

—Nos vemos después, Jerome. No lo dudes.

—Vámonos—dice Eddie, y Mike, Snap y él salen por la puerta.

Suena el timbre del almuerzo. Hay que regresar a clase. Aliviado, me apresuro a salir. Mamá y la abuela van a matarme si se enteran de que estuve cerca de un arma.

Carlos me agarra del brazo.

—¡Jerome! No es de verdad. Mira.

¿No es de verdad? Me quedo mirando fijamente, chiflando.

—¿Es de plástico? Así la pasaste por seguridad.

Carlos sonríe y asiente con la cabeza. Entonces se ríe, con un tono de voz cada vez más agudo.

—Un buen truco, ¿cierto?

—Truco—repito, doblándome de la risa. Los dos estamos sudando, e histéricos. Trago aire.

Estoy menos asustado, pero todavía nervioso. Pero menos asustado. Carlos es listo.

Una pistola de juguete.

MUERTO

SARAH

Sin saber cómo, encuentro la casa de la chica. No es una mansión, pero es más linda que el apartamento de mi familia. Hay un frente y un patio trasero. Un porche. Un sótano y dos pisos. Ventanas por todas partes.

Hay un auto de policía en el sendero de entrada.

Se mueve una cortina. Veo a la chica. Como por arte de magia, floto hasta el interior de la casa, al segundo piso y a un cuarto de color rosa.

La chica tropieza y se cae golpeándose contra el tocador. Ella quiere gritar, lo sé. Pero no lo hace.

—Reconocí tu fotografía—dice ella, casi sin poder respirar y aterrada.

—¿Me ves? ¿Cómo es posible?

—No lo sé—tiene pecas en la cara y una sonrisa nerviosa. Con valentía, se endereza.

—He estado muy solo. Sin hablar con nadie. Sin que me vean.

—Yo también estoy sola—dice ella sonrojándose—. Parece una tontería, pero estoy sola. Desde que mi papá te disparó. Mi mamá y él se pelean y están tristes todo el tiempo.

—Deberían estar…

—¿Tristes? Él estaba asustado.

—Yo estaba jugando. Yo era el chico bueno.

Yo lo *era*. Kim y yo jugábamos afuera pocas veces. Mis padres siempre dicen que hay pandillas. Tiroteos desde autos. Era una tarde especial, al poder estar afuera en lugar de estar encerrado en el apartamento oscuro. Le dije a la abuela que había hecho un amigo. Era un buen día.

—Lo siento—susurra la chica.

Su lamento me enoja. Si no fuera una chica, pensaría en golpearla.

Estoy muerto, y no puedo golpear a nadie. Y eso me hace enojar aún más. Su cuarto es tres veces más grande que el mío. Está decorado con un estante para libros, fotografías enmarcadas, una colcha a rayas, un televisor y una computadora. Apuesto a que ella ni siquiera oye ruido de tiros en su barrio.

—Mi papá estaba haciendo su trabajo.

—¿Él dijo eso?

Ella aprieta sus labios con fuerza.

—Él me disparó.

—Mi papá protege y sirve. Eso hacen los policías.

—No me protegió a mí. Todo el mundo en mi barrio sabe que los polis hacen lo que quieren.

—Eso no es cierto. Él defiende la ley.

Doy un resoplido.

Molesta, la chica se apoya hacia atrás sobre sus talones.

No me importa. Su cuarto es como algodón de azúcar. Enfermizamente dulce. Bailarinas bajo el brillo de la pantalla. Dos cerditos de peluche descansan sobre las almohadas. Se supone que no le sucederá nada malo a quien duerme en este cuarto.

—¿Jerome?

Yo no respondo.

—¿Puedo ayudar?

Casi grito: *¿Puedes hacer que esté vivo otra vez?* Pero

no lo hago. Esta chica está llorando. Me sorprende que una desconocida llore por mí.

—No puedo cambiar las cosas. Apareces en todos los noticieros.

Yo no quiero aparecer en los noticieros.

—¿Y qué dicen?

—Depende.

Antes de que yo pueda decir "¿de qué?", se abre la puerta.

—Sarah, es hora de irse a la cama.

—Sí, papá.

El oficial Moore es delgado, con manos grandes y los ojos enrojecidos. Da un abrazo fuerte a su hija. Creo que ella podría partirse en dos. Pero Sarah no se retira de sus brazos.

—¿Quieres ir a esquiar mañana?

—Claro, papá.

Él le da un beso en la frente, y yo estoy celoso. ¿Quién volverá a besarme a mí?

—¿Papá? ¿Es cierto que él tenía doce años?

El oficial Moore agarra a Sarah a un brazo de distancia.

—Es un barrio difícil.

—La misma edad que yo.

—Tú no lo conoces. No lo viste.

Sarah me mira. Ella *sí* me ve. Tenemos la misma altura. Probablemente estamos en el mismo grado: séptimo.

—Él…—ella señala, se detiene, tartamudea—. Él tenía mi altura.

Su padre pestañea, como si no la reconociera. Como si no pudiera creer que lo está contradiciendo. Ella continúa.

—Tú dijiste que él era grande. Que daba miedo.

—*Yo* estaba allí —le responde—. Tú no.

Sarah baja la mirada y estrecha sus dos manos, temblando. Su padre sale del cuarto dando un portazo. No oye la pregunta: "¿Cometiste un error?".

—No, no lo hizo —respondo yo.

—Debió haber sido un error.

—Lo hizo a propósito.

—No, fue un error.

—Nos vemos —digo yo indignado.

—No te vayas.

—¿Por qué debería quedarme?

—Podríamos ser amigos.

—Eso es lo más estúpido.

Nunca he tenido una amiga como Sarah. Una chica blanca. Me río, pues es muy estúpido. Mueres, y una chica blanca puede ser tu amiga.

—No intento ser chistosa. Quédate.

Me está rogando. Siento lástima por ella. Mi escuela no tiene ninguna Sarah. Sin duda alguna, nadie a quien le gusten los cerditos y el color rosa.

—Tengo que irme—le digo.

—¿Dónde?

Eso me agarra de sorpresa. No lo sé. Ni siquiera sé cómo voy, ni cómo me muevo. Simplemente me disuelvo. Me desvanezco, y después aparezco otra vez. ¿Puedo controlar eso?

Además de Sarah, siento que me observan. Inquieto, me volteo intentando mover la cortina de la ventana.

Un chico fantasma me está mirando. La luz de la

farola de la calle se filtra a través de él. Está observando, esperando algo. ¿De mí? ¿De Sarah?

Cerca de mí, Sarah resopla y gimotea.

—¿Qué se siente al estar muerto? ¿No se supone que debes ir a algún lugar?

Ahora tengo ganas de llorar. Siento nostalgia. Nostalgia de mi hogar. Pero mi familia no puede verme, ni siquiera Kim. Odio observarlos comerse los cereales, mostrar una sonrisa falsa y fingir que el día es normal. Odio ver que el asiento donde yo me sentaba está vacío.

¿Quién sabía que la muerte era tan complicada? ¿Quién sabía que EL FIN no era el fin?

—Odio la escuela—dice Sarah, y se sienta sobre su cama mullida.

—¿Qué? ¿Te acosan en la escuela?—yo entiendo lo que es el acoso. Que te metan en los casilleros de la escuela. Que te humillen.

—Algunos están enojados con mi papá. Me gritan como si yo fuera una mala persona. Pero algunas personas…—mira sus manos—. Algunas personas piensan que mi papá es un héroe. Que estaba haciendo su trabajo. Que es valiente y debería estar orgullosa de él. Que yo soy especial y tengo suerte de ser su hija. Estoy avergonzada.

—No lo creo—siento un escalofrío—. Tu familia lo tiene todo. Una vida bonita. Personas que les celebran. No es…

—Justo.

Dos veces ya, ella terminó mi frase.

—Nos vemos—digo yo.

—No quiero caer bien porque mi papá te mató.

Ella se parece a su papá. Es difícil mirarla. Trago saliva.

—Sarah. ¿Ese es tu nombre?—ella asiente con la cabeza.

—Amo a papá más que a nada. Pero, al verte, me pregunto cómo pudo…

—¿Dispararme?

—Sí. ¿Quizá alguien podría dispararme a mí?

—No, eres una chica. Y blanca.

—¿Es eso? ¿Es eso cierto?

Me encojo de hombros. Cuántas veces había oído: "Cuídate de la policía". "Cuídate de la gente blanca…". Todos en el barrio lo sabían. Papá me lo dijo en cuanto aprendí a leer.

Me siento cruzado de piernas en el piso. No tengo huesos, ni músculos, pero igualmente me siento cansado.

—Se supone que te veo —insiste Sarah—. Eso significa algo. Debe significar algo.

Ella también se sienta cruzada de piernas a mi lado. Incluso sus uñas son de color rosa.

—Creo que se supone que te ayude.

—¿Ayudarme? ¿Cómo puedes ayudarme?

—No lo sé.

—Mi abuela. Ella me dice que es momento de seguir adelante. De continuar.

—¿Ella puede verte?

—No, no como tú. Tampoco puede oírme. Pero siente que estoy ahí —doy un suspiro.

Sarah también da un suspiro. Somos dos. Uno de ellos muerto, y la otra viva.

Es una locura. Me río otra vez. Sarah sonríe, y después se ríe conmigo. Sabe que no me estoy riendo de ella. Los dos estamos nerviosos. Creo que, si no nos estuviéramos riendo, lloraríamos.

No parece que está bien que me ría cuando estoy muerto.

Me gustaría haber conocido a Sarah.

VIVO

8 de diciembre
En la escuela

Carlos se sienta en la fila enfrente de mí en todas las materias. Idioma, arte, historia, matemáticas. A veces, cabecea sobre su pupitre, como si no hubiera dormido lo suficiente. Es delgado. Mucho más delgado que yo. Más delgado que Kim.

Quiero que suene el timbre. Ya he hecho muchas cosas. Ayudé a Carlos. Observé a Mike, Eddie y Snap fingir que no estaban asustados. Estoy agotado. Ansioso. Tenso.

Hoy no me patearon. No estuve tan solo. Estoy confuso. Ser bueno hace que me meta en problemas; asustar a abusones al final se sabe. No me gusta. No me gusta pensar en cómo mantenerme a salvo mañana. Y al día siguiente.

Yo no tengo una pistola de juguete.

Suena el timbre. Le digo adiós a Carlos y salgo enseguida de la clase. Cargando con mi mochila, salgo deprisa por la puerta y bajo las escaleras. En la acera, espero a Kim. Kim corre a mi lado. Sorprendiéndome, Carlos tira de mi abrigo.

—Oye, vamos por ahí—me dice, temblando de frío—. Puedo llegar tarde. A mi mamá no le importará.

Está sonriendo, y muy despierto. Saca una parte de la pistola de su bolsillo.

—Podríamos ir a jugar. Fingir que estamos derribando zombis.

—No—meneo la cabeza, temblando.

—Ahora somos amigos, ¿no, Jerome?

Frunzo el ceño al ver la silueta en su bolsillo. Me recuerdo a mí mismo que es de juguete. No es una pistola de verdad. Vuelvo a menear mi cabeza.

—Tengo que irme a casa.

—Entonces agárrala, y la traes mañana.

—¿Jerome?—oigo mi nombre.

—Es mi hermana.

Carlos asiente con la cabeza.

—Hola.

Kim sonríe dulcemente, como si pensara que Carlos es guapo.

—Soy Carlos. Jerome es mi amigo.

—Hola, Carlos—Kim sonríe aún más. No está acostumbrada a que nadie me llame "amigo".

Carlos muestra una sonrisa.

—Chicago no es tan malo—me acerca la pistola. Kim da un paso atrás, y yo muevo mi cuerpo para que la gente no pueda verlo.

—No pasa nada, Kim—dice Carlos—. Es solo un juguete.

Carlos pone la pistola en mi mano. El plástico se siente ligero y pegajoso.

—Juega con ella, Jerome.

—No—le respondo, retirando mi mano.

—Será divertido. Puedes asustar a los chicos malos. Kim, no creerás lo que hicimos.

—¡No!—no quiero que Kim sepa lo que sucedió.

—Entiendo, lo siento—se acerca un poco más, y

murmura—. Solo intento decir: Gracias, Jerome. Me ayudaste mucho. Los buenos amigos comparten. Puedes traerla mañana.

Carlos está serio. Se parece a un ratón. A uno de los más lindos en dibujos animados de Disney: curioso, útil y preocupado al mismo tiempo.

Kim me mira fijamente. Sus ojos me están diciendo "no". *No lo hagas.*

El cielo está nublado. No hay nada de nieve, tan solo montículos sucios de hielo en el suelo. Los niños escapan de la escuela a gritos. Al otro lado de la calle hay unos traficantes. El director Alton los vigila. Nadie se acerca a Carlos, Kim y yo.

Yo estudio la pistola.

La negrura de la pistola es asombrosa.

Yo soy siempre un buen chico (molestar a Kim no cuenta). Digo lo que la abuela quiere escuchar y las calmo, a ella y a mamá. Cuido de Kim. Juego al *Minecraft* solo una hora (está bien, a veces dos). Hago mis tareas. Incluso me porto bien cuando el señor Myers no me pide a mí (¡le pide a toda la clase!) que dé la bienvenida al chico nuevo. Un inocentón. Ese soy yo. ¿Por qué no puedo divertirme un poco? ¿Fingir que soy un rebelde en *Rogue One*?

Mejor aún, ¿asustar a Eddie si trata de tenderme una emboscada de camino a casa? ¿O me caiga arriba mañana de camino a la escuela? ¿Por qué soy yo el único que siempre está asustado?

—Es solo un juguete—le susurro a Kim—. No hará nada malo.

La pistola descansa en la palma morena de Carlos.

Me duele la cabeza; me duele el estómago.

—No les gustará a la abuela y a mamá. Papá se enojará.

Es extraño, pero las palabras de Kim hacen que quiera todavía más el juguete.

—Está bien—dice Carlos. En medio del frío, su aliento parece humo—. Está bien.

Carlos se da media vuelta y mete el juguete en su bolsillo. Yo lo agarro del brazo.

—Quiero jugar.

Carlos sonríe y, furtivamente, me entrega el juguete.

—¡Adiós!—dice mientras comienza a correr, y después corre a toda velocidad.

Agarro la empuñadura. Es firme y con relieves. El cañón no gira, pero el gatillo percute como si estuvieras cargando o disparando una pistola de verdad. Agacho la mirada y miro la boca redonda del arma. No hay ninguna bala de plástico, ni perdigones. Me tiemblan las manos. Levanto la mirada. Comienza a caer una nieve ligera, y me estremezco.

Es solo un juguete. ¿Por qué me da miedo un juguete?

—Hice un amigo—le digo a Kim, como si eso lo explicara todo.

Ella pone mala cara y comienza a caminar hacia la casa, con sus labios apretados, como los de mamá cuando se enoja.

—Hoy fue un buen día—le digo—. No me hicieron daño. No me golpearon. Hoy fue un buen día. Hice un amigo.

Sigo charlando, y aunque ella es mi hermana pequeña, es vivaz y espabilada. Sabe cuán solitarios son mis días de escuela. Sabe que estoy rogando, que estoy suplicando sin decirlo: *No lo digas. No lo digas. Por favor, no se lo digas a mamá, ni a la abuela. Especialmente, no se lo digas a papá.*

LOS CHICOS FANTASMAS

*   *   *

Ella agarra mi mano; sé que estoy a salvo. Caminamos hasta nuestra casa. Mi mano izquierda siente cuán calientes son los guantes de Kim. Como Carlos, yo no tengo guantes.

Mi mano derecha agarra el plástico que llevo en el bolsillo. Arde.

MUERTO

Vista preliminar
Tribunal de Chicago

18 de abril

—¿Le sorprendió haber disparado a un niño?

—Pregunta hecha y respondida —dice el abogado defensor.

—Reformularé. ¿Por qué se sorprendió? —pregunta con calma el abogado— ¿No puede diferenciar entre un chico y un hombre?

—Sí, desde luego. Me refiero a que... estaba oscuro.

—Era de día.

El rostro de la jueza es como una máscara; tiene el cabello plateado. Mira al oficial Moore. El oficial Moore traga saliva.

—Sí, era de día. Él era corpulento.

—¿Más que cualquier otro chico de doce años?

—Sí. Más grande.

—¿Tiene prejuicios?

—No.

—Mentiroso—grita alguien.

—Silencio—advierte la jueza, golpeando otra vez su mazo.

Miro a Sarah desde el otro extremo de la sala. Tiene los ojos muy abiertos, los codos apoyados en sus rodillas y las palmas de sus manos ahuecadas sobre su cabeza. Yo estoy de pie al lado de su padre, estudiándolo.

—¿Ha oído del prejuicio racial?

—No.

—¿Que el prejuicio puede afectar sus pensamientos, sus acciones? Ya sea de modo consciente, sabiéndolo. ¿Y también inconsciente?

—Yo no soy racista.

—¿Posiblemente estaba respondiendo a los estereotipos inconscientes que indican que los hombres afroamericanos son grandes, amenazantes y peligrosos?

—No. Actué con una causa justa.

—¿Qué altura tiene su hija?

—¡Objeción!—dice el abogado sentado en su silla.

—Ha lugar—responde la jueza.

—Lo preguntaré de otro modo. ¿Le sorprendería si le dijera que Jerome Rogers, el niño al que usted mató, no era más alto de un metro cincuenta (cinco pies), y no llegaba a los 41 kilos (90 libras)?

El oficial Moore se sorprende.

Con sus manos presionando fuertemente sus oídos, Sarah agacha la cabeza. No puede ver a su padre avergonzarse. Yo sí puedo.

Entonces llega mi turno de sorprenderme. El chico fantasma se sienta al lado de ella e intenta agarrar la mano de Sarah. Ella no se inmuta. Sus manos no se tocan. No puede ser. Él está muerto, y ella está viva.

Sarah nos ve a los dos.

El chico fantasma estira su mano hacia mí. ¿Se supone que debo agarrarla? ¿Estar agradecido?

Me estremezco. *¿Qué se supone que debo hacer? ¿Qué significa eso?*

El abogado de cara rolliza del oficial Moore pide un receso para el almuerzo.

La jueza está de acuerdo. Por unos segundos, cierra los ojos. Creo que no importa si Sarah puede vernos a mí y al chico fantasma. Solamente importa que la jueza vea que el papá de Sarah está mintiendo.

La gente sale de la sala. Papá está tranquilizando a mamá y a la abuela. El oficial Moore guía a su esposa con su mano puesta en la espalda de ella.

Yo no me muevo. Sarah y el chico fantasma salen de la sala caminando, girando la cabeza una vez para mirarme, a mí, que estoy muerto.

PERDIDO

—Lo viste hoy, ¿no es cierto?

Sarah no parece sorprendida. Sabe de quién estoy hablando.

—¿Te dijo algo?

Ella menea negativamente la cabeza, con sus pies colgando de la cama.

—Creo que hay un motivo por el que lo veo también a él.

—Me gustaría que te apresuraras a averiguarlo.

—¿Por qué?

—¿Qué?

—¿Verlo? ¿Y si no es porque tú estás…?

—No lo digas. Claro que es porque estoy muerto.

Sin embargo, incluso cuando yo lo digo, siento que hay también otra razón.

En el piso de abajo se oye un portazo. La mamá y el papá de Sarah están gritando. Se rompen cristales.

—Permiso administrativo—murmura Sarah—. Eso vuelve loco a papá.

—¿Y le están pagando?

—Sí.

Aprieto mis manos.

—A papá no le importaría que le pagaran por no trabajar.

Los ojos de Sarah se llenan de lágrimas.

—Lo siento—le digo, aunque no lo siento.

Sarah no es estúpida, pero, incluso si yo estuviera vivo, no viviríamos en el mismo mundo. El suyo es un mundo de fantasía, como el de una familia televisiva en una casa inmensa con mucho dinero y comida.

Ser pobre es real. Nuestra iglesia tiene una despensa de comida y dinero de emergencia para calefacción en invierno. El año pasado cuando mi mamá tuvo perforación de apéndice y se acabó su permiso por enfermedad, recibimos pan, mantequilla de cacahuate y compota de manzana.

¿Sabe papá que al oficial Moore le pagan por no

trabajar? ¿Por matarme? Quiero patear algo, gritar, derrumbarme. Pero ¿de qué servirá?

Que el papá de Sarah me haya disparado es real.

Sarah cree que su papá no está mintiendo.

Recorro con mis dedos los lomos de algunos libros. Abro alguno; hay pegatinas que indican:

ESTE LIBRO PERTENECE A
Sarah Moore

A Kim le encantaría este lugar. Todos sus libros son de la biblioteca. Le encantaría ser dueña de uno, y le encantaría escribir su nombre:

Kim Rogers

Declarar que un libro le pertenece.

Uno de los libros de Sarah tiene un chico volando en la cubierta. Detrás de él hay una silueta. Una figura de sombra con los brazos extendidos y dedos de los pies puntiagudos, con su cuerpo flotando al viento.

Peter Pan.

—¿Es bueno este libro?

—El mejor.

Voy a la primera página y leo la primera línea: *"Todos los niños, excepto uno, crecen".*

—¿Qué sucedió? ¿Murió?

—No —la cara de Sarah se sonroja—. Él no muere. Sigue siendo un niño. Quiere seguir siendo un niño.

Esas son las palabras mágicas. Aparece un chico fantasma. Así de sencillo. *No* está aquí, y entonces está aquí.

Abracadabra.

Dios, tiene los ojos grandes. Lagos negros en los que sumergirse. Viste su corbata negra y un sombrero de ala ancha. Tiene las mejillas rollizas y hoyuelos.

—Pareces una ardilla —le digo.

Sarah sonríe, y el chico se ríe. Es un sonido balbuceante, profundo e intenso.

—¿Quién quiere ser siempre un niño? —pregunta.

Sarah y yo miramos fijamente al chico fantasma.

Es chistoso. Estúpido. Divertido. Tres niños, dos de ellos muertos, conversando sobre *Peter Pan*.

Ya no estoy tan solo. Ni tan asustado, creo. Tampoco tan triste como cuando estoy con mi familia.

¿Quizá estar muerto no es real, después de todo? ¿Quizá todo esto es mi fantasía? ¿Tal vez estoy soñando? ¿O estoy atrapado en un cuento?

—Yo siempre quise crecer—digo—. Ser un niño apesta. Todo el mundo te dice lo que tienes que hacer. Tienes que intentar ser bueno todo el tiempo. Escapar de abusones, de grupos que te empujan, de cajeros que creen que intentas robar. Yo iba a ser—estrujo mis labios—jugador de básquet, y lanzaría tiros de tres puntos increíbles. (No importa mi baja estatura).

—Yo iba a ser jugador de béisbol—dice el chico fantasma—, como Ernie Banks. El primer afroamericano que jugó en los Chicago Cubs.

—Hay muchos más afroamericanos que juegan en las Grandes Ligas.

—No en aquel entonces.

—¿Cuándo era aquel entonces?—pregunta Sarah.

—En 1955.

El cuarto se queda sin aire. Las paredes de color rosa de Sarah comienzan a hacer que me sienta enfermo. Incluso la ropa tan fina del chico fantasma, y su piel irradian un color rosado, amarillento.

—Tú llevas muerto... ¿años?

—Décadas.

Me gustaría poder llorar. Desearía que no hubiera un chico fantasma en el cuarto conmigo. No me importaría seguir siendo un niño si pudiera estar vivo. No me importaría que no pudiera crecer.

Trazo la silueta de Peter en la cubierta del libro. Realmente está volando.

Yo pensé que podría volar y huir de una bala.

Con lástima, el chico fantasma me observa.

Los ojos de Sarah se llenan de lágrimas.

—No tengas lástima de mí—digo yo con tono sarcástico, frustrado por Sarah.

—¿Quizá yo puedo ayudarte? ¿Ayudarlos a los dos? ¿Así como Wendy ayudó a Peter?

—¿Peter es blanco? Es blanco, ¿cierto?—le pregunto con insistencia, furioso.

Sarah me mira con perplejidad.

—¿Qué vas a ser tú, Sarah? —grito—. Eres la única que va a crecer.

El chico fantasma me toca el brazo, y me sorprende que siento su toque. Su mano es cálida y me consuela. También es tensa y me controla.

—Sarah no tiene la culpa —dice él—. Sarah puede cambiar. Está cambiando. Yo estoy aquí para ayudarlos a los dos.

—Tú no puedes ayudarme —mi madre, mi padre, mi hermana, no pudieron ayudarme—. Quiero continuar —*ahí está, lo dije*—. Estoy muerto. Ya no me importa por qué morí. Solo quiero irme. Alejarme del dolor de mi familia. De ti. Y de ti —le digo a Sarah.

—Importa el porqué mi papá te disparó.

—¿Por qué? ¿Para que puedas sentirte mejor?

Sarah comienza a llorar, y yo me siento como los abusones a los que odio.

—Quiero continuar —digo tercamente—. ¿Por qué no he continuado? —le pregunto al chico fantasma— ¿Por qué no has continuado tú? ¿También estás atrapado?

—Quiero mostrarte algo.

El chico fantasma extiende sus brazos y se mueve hacia la ventana. Siento como si me estuviera guiando, como una suave brisa. ¿Puede sentirlo Sarah también?

Los tres estamos de pie ante la ventana, observando la noche cubrir el mundo con su manto.

—Miren.

Una sombra. Entonces otra. Y otra. Otra y otra. Cientos, miles de niños fantasmas están de pie, tranquilos, mirando a través de la ventana a nuestras almas.

¿Tengo yo un alma tranquila?

—No entiendo.

—Estos son... nuestro pueblo.

Sarah respira agitadamente.

Doy un golpe a la pared. Nada sucede. No se forma ninguna grieta, ni se rompe la pintura.

—Chicos afroamericanos—susurra Sarah, y entonces se tapa la boca con su mano.

—Esto es un desastre.

—¿Son chicos asesinados como Jerome? ¿Asesinados como tú?—pregunta Sarah.

El chico fantasma asiente con la cabeza. Yo me alejo de él y de Sarah. Bajo la mirada. Hay cientos y cientos de chicos que son sombras. Una multitud desgarradora. Fuertes como un ejército. No, un apocalipsis tipo zombi fuerte. Están de pie sobre pastos, en las calles, con sus caras levantadas hacia mí.

Todos los niños, excepto uno, crecen.

—Daría cualquier cosa por crecer.

Sarah entierra su cara en una almohada mullida. *Deja de llorar,* quiero gritarle. En cambio, murmuro: *Tu cama es linda. Bonita.* Ser amable es algo automático. Qué estúpido ser amable. Siempre lo intenté. ¿Y qué me causó?

Estoy cada vez más enojado. Exploto. Mi mano conecta con algo. *Peter Pan* vuela por el cuarto. El libro golpea la pared y cae al piso.

—Sarah, ¿estás bien?—dice una voz desde el piso de abajo.

—Estoy bien, papá.

Los ojos de Sarah son distintos ahora. Está asustada otra vez. Nerviosa.

El chico fantasma menea la cabeza como si estuviera decepcionado conmigo. *No es justo,* pienso.

—¿Por qué necesito a una chica blanca que cuide de mí?

—Tienes razón. Pero quizá se supone que tú hagas algo por Sarah.

—No, no. Eso es asqueroso. Su papá me mata, ¿y se supone que debo ayudar? ¿Y quién eres tú, de todos modos?

—Emmett. Emmett Till.

Recuerdo a papá gritando: *"Hombres adultos. Armados. ¿Amenazados por un chico?"*. Recuerdo a la abuela gritando: *"Emmett, como Emmett"*.

—¿Tú eres el chico de Chicago? ¿El que fue asesinado como yo?

—En 1955. En el sur.

—Todo el mundo sabía que el sur era peligroso entonces.

—Y lo sigue siendo —responde Emmett.

La barbilla de Sarah reposa sobre su pecho.

Indignado, es mi turno de desaparecer. Emmett fue más tonto, más estúpido que yo.

Yo no estaba en el sur de antaño. Estaba en el norte. Estaba jugando a cinco manzanas de mi casa.

¿Por qué estoy muerto?

No debería estar muerto. No debería.

REAL

Lo real es graduarte de la secundaria.

Lo real es quizá estudiar en la universidad.

Lo real es conseguir un empleo. Aunque no seré un basurero como mi papá. ¿Quizá seré electricista? ¿O gerente de un negocio? (Ser presidente es una fantasía, y también lo es ser jugador de básquet).

Lo real es ganar dinero suficiente para ayudar a mis padres a pagar su casa. Para comprarle a Kim muchos, muchos libros. No el de *Peter Pan*.

Lo real es que yo tenga novia. (Quizá).

Emmett está sentado a mi lado en las escaleras de la iglesia. Más arriba, las mariposas nocturnas baten sus alas delante de las farolas; es casi luna llena. Resplandecen las luciérnagas.

Al estar sentados juntos, alguien podría pensar que somos colegas. *Si pudieran vernos.*

Si pudieran vernos, podrían ver que estoy paralizado por la tristeza.

Podrían ver a Emmett, callado y con la cabeza agachada. Tiene su brazo sobre mis hombros para aliviar mi temblor. Eso no ayuda.

Estar muerto es demasiado real.

—Para mí, el béisbol era real —murmura Emmett—. *Bum*; me encantaba el ruido del bate al golpear la bola. Me encantaba correr rodeando las bases y deslizarme para pisar el *home*.

Esta noche se siente diferente. Emmett tiene algo que decir. No puedo evitar escuchar.

Igual que no puedo evitar saber que la tristeza tiene olor. Es el olor de un armario mohoso con comida podrida y gusanos.

* * *

—Lo real—dice Emmett—era ir a la universidad. Mi mamá estaba en el cuadro de honor. Fue la cuarta chica afroamericana en graduarse de su escuela. Llegó a ser maestra. Mamá me decía: "Llega más alto que yo. Sé director. Abogado. Médico". Cruzando los dedos por detrás de mi espalda, le prometía que lo haría—Emmett sonríe—. *Shortstop*, eso era lo único que quería ser.

—Básquet—digo irascible—. Nadie juega ya al béisbol. Los chicos afroamericanos juegan en la cancha. Quieren ser Jordan, James, Curry. Es lamentable si no sabes driblar y lanzar.

Emmett da un suspiro y baja su brazo.

—No conozco esos nombres.

Lo cierto es que soy muy malo en el básquet. Ahora estoy mejorando en ser un abusón.

Me gustaría no seguir teniendo sentimientos; es horrible sentir lástima por otro fantasma.

—Básquet, básquet—murmura Emmett—. No hay mucha diferencia, ¿cierto? Los tiempos cambian.

—Es la gente la que necesita cambiar.

Emmett está de acuerdo, y lo muestra asintiendo con la cabeza.

—La gente cambia, pero no lo suficiente al mismo tiempo. O quizá la gente cambia y después olvida que ha cambiado, y sigue haciendo daño.

—Chicago no solía ser tan peligroso. Aun así, mi mamá era estricta. Decía que lo que importaba era la familia y la fe. Ayudó cuando tuve la polio.

—¿Polio? ¿Qué es eso?—estoy irritado por no saberlo.

—Parálisis. Músculos como gelatina. Caminaba cojeando, y también tartamudeaba.

—Se me hacía difícil. Especialmente sonidos con la *C*. *¿C...c...c...cómo?* La pasé muy mal para pronunciar bien las palabras.

—¿Cómo moriste?—miro directamente a Emmett. Lo miro a los ojos. Hay cierta ternura en él. Como si fuera un viejo bajito vestido con traje barato. En la escuela, hoy lo acosarían peor que a mí.

—Ahora no es el momento. No estás preparado.

—No puedo creerlo. Tú sabes todo sobre mí, pero yo no te conozco.

Emmett agacha la cabeza. El borde de su sombrero ni siquiera refleja una sombra en el suelo.

—En el verano, mi madre quería que fuera con ella a Nebraska—dice con voz baja sin levantar su cabeza—. En cambio, fui a visitar a mis primos en Mississippi. Debería haber ido a Nebraska.

Yo espero. Y espero. Ni una palabra más.

—¿Eso es todo? ¿Eso es todo lo que vas a decir? Es increíble.

—Créeme, Jerome. Es importante que Sarah pueda verte.

—¿Y se supone que yo debo ayudarle?

—¿Tienes algo mejor que hacer?

Me agarró. No hay absolutamente nada.

SARAH Y YO

La vista preliminar tiene un receso. Es chistoso, como si la jueza y los abogados fueran a jugar afuera. ¿Al quemado? ¿Al fútbol americano?

Es solo un día, pero parece que la vista dura una eternidad. Es horrible que hablen de ti. Mamá llora; la abuela susurra: "Piedad". Papá retuerce el puño sobre la palma de su otra mano. Los abogados vestidos con trajes azules pelean. Excepto porque sus ojos se entrecierran ligeramente, la expresión de la jueza nunca cambia.

La esposa del oficial Moore está en la sala. Kim no está, y me alegro.

Afuera, marchan miles de manifestantes, y gritan en las calles. Algunos canturrean: "¡Sin justicia, no hay paz!". Llevan pancartas: JUSTICIA PARA JEROME; LAS VIDAS DE LOS NIÑOS AFROAMERICANOS IMPORTAN; MANTENTE DESPIERTO; ¿ES MI HIJO EL SIGUIENTE?

La policía lleva casco y escudos plásticos. Hay varios montados a caballo. La NBC, ABC, FOX, todas han llevado allí camionetas con antenas y reporteros profesionales que hablan ante micrófonos.

Mamá, papá y la abuela son acompañados hasta casa por el tío Manny y el reverendo Thornton.

Hoy es más fácil estar en el cuarto de Sarah que en cualquier otro lugar.

Visitar a Sarah disipa la soledad. Algunas veces me habla; otras veces sabe que quiero estar callado.

Ella también quiere tranquilidad y silencio. Hay piquetes de manifestantes afuera de su casa. Sarah mantiene su ventana cerrada. Su mundo ha cambiado totalmente. Entiendo eso. Sarah está casi tan confundida como yo.

—¿Cómo es que tú, y no tu papá, me ves?

Sarah no responde. Todo su cuerpo tiembla. Yo también estaría asustado si tuviera dudas sobre mi papá.

—Emmett dice que se supone que debo ayudarte— dice ella, cerrando sus manos y convirtiéndolas en puños—. Por qué lo escucho, no lo sé.

—Creo que a él también lo mató un hombre blanco.

—¿Un policía?

—No lo sé.

Callado, me pongo de cuclillas. Como si fuera un rotafolio, las imágenes se cruzan por mi mente. Me veo a mí jugando, volteándome, cayendo.

—Dijiste que yo salía en las noticias. Tú reconociste mi fotografía.

—Eso es todo. Solo la foto. Mis padres no quieren que lea de eso. Que lo vea.

—¿Verlo?

Los ojos de Sarah se abren más.

—En video—Sarah suspira, afligida.

—¿Quizá hay un video?

Si hubiera un video, ella sabría de una vez por todas que su papá mintió.

Ella está de pie delante de su computadora.

—Quizá no deberías hacerlo, Sarah.

Ella teclea un botón; la pantalla se ilumina.

—Quizá deberías escuchar a tus padres—no sé por qué digo eso. Es una locura, pero parte de mí no quiere ver herida a Sarah.

—Me gustaría verlo.

Decidida, se sienta en la silla, teclea mi nombre y aparecen páginas de artículos y enlaces.

Ella hace *clic*.

Segundos. Eso es todo. Dos segundos. Yo estoy de pie. Un auto de policía, moviéndose rápido. Me volteo, caigo. La pistola se escabulle. Yo sangro.

—¿Mi papá no te advirtió? ¿No te dijo: "¡Alto, policía!"?

Observamos la pantalla en silencio. Las imágenes parpadean. Sombras fantasmales. No nos movemos. Yo no respiro. Sarah aguanta la respiración. Es como una película. Estoy dentro de una película.

Sarah exhala.

—Tu papá y su compañero se quedan ahí de pie.

Me miran fijamente. El reloj de la computadora avanza. Un minuto. Uno veinte. Uno sesenta. Otro minuto. Otro, y después otro.

* * *

Al verme a mí mismo, recuerdo estar tumbado sintiendo que la espalda me ardía, y mi mejilla estaba fría. No puedo voltear mi cabeza (me duele) *para ver si tengo en mi mano el juguete de Carlos.*

No puedo levantar la cabeza y mirar el cielo. Pero puedo oír voces, especialmente la de mamá y la de Kim, gritando. Veo botas negras. Veo tierra y nieve. Desearía que mi abuela me estuviera abrazando.

Sarah desplaza el cursor hacia abajo. Aparecen palabras en la pantalla.

—El artículo dice que los paramédicos llegaron demasiado tarde.

Al verme morir, mis pensamientos van a la carrera. ¿Quién hizo la grabación? ¿Por qué no me ayudaron? ¿O llamaron a la policía? ¿Puedes llamar a la policía en la policía?

Mirando fijamente la computadora, puedo saber cuándo morí.

Como humo que asciende por el aire, mi espíritu se va.

*   *   *

La cara de Sarah es desoladora.

—Lo siento mucho, Jerome. Lo siento mucho. Si pudiera, te daría un abrazo. Te traería de regreso a la vida—su cuerpo se inclina adelante como si creyera que puede tocarme. Como si anhelara, necesitara conexión.

Sarah ha cambiado para siempre. Puedo ver eso.

—Él no te *vio*—murmura—. Mi papá realmente no te *vio*.

—¿Te ve a ti, Sarah? ¿Te llevaba a patinar?—le pregunto con sarcasmo—¿Lo hacía? ¿O es egoísta? ¿Siente lástima de él mismo?—si yo estuviera vivo, me sonrojaría—. Lo siento, estoy siendo cruel.

—Está bien, Jerome. Lo entiendo—se acerca un poco más. Huelo a lilas.

Ella sí lo entiende. Yo parpadeo, y por el rabillo del ojo creo que veo a Emmett. La figura de una sombra. Una brisa mueve la cortina.

Me gustaría que pudieran abrazarme. También, poder abrazar a Sarah.

Vista preliminar
Tribunal de Chicago

18 de abril

—¿Usted era la operadora que respondió la llamada al 911?

—Sí. Sí, fui yo.

La operadora del 9-1-1 parece una estudiante universitaria. Cabello pelirrojo y lentes con montura de color negro.

Nerviosa, retuerce sus manos.

—¿Se identificó quien llamaba?

—No.

—¿Qué dijo quien llamó?

—Un chico, no, un hombre estaba en el parque con una pistola.

—La transcripción dice "pistola de juguete".

—Sí, una pistola de juguete.

—¿Le dijo usted eso a los oficiales?

—No.

—¿Por qué no?

—Objeción—dice el fiscal.

—Habla de credibilidad.

—Responda la pregunta—insiste la jueza.

—No lo sé, no lo sé. No sé por qué no dije "de juguete"—la chica se mueve nerviosamente.

—¿Sabía que, en Cleveland, Tamir Rice también murió porque los oficiales pensaron que su juguete era de verdad?

—Objeción.

—Ha lugar—dice la jueza, golpeando con el mazo.

—No hay más preguntas—dice el abogado.

—Puede retirarse—dice la jueza a la chica.

Me gustaría que ella pudiera oírme murmurar: "Lo lamento". Que ella dijera "de juguete" no habría supuesto ninguna diferencia.

DERECHOS CIVILES

La escuela de Sarah es mucho mejor que la mía. Me refiero a que es mucho mejor que mi antigua escuela. Su escuela tiene árboles y una pista, gimnasio de béisbol y cancha de fútbol. Mi escuela tiene una valla con cadenas y cemento donde yo corría y jugaba a la canasta. En su escuela hay principalmente blancos. En la mía había principalmente afroamericanos e hispanos. Su escuela tiene una biblioteca con computadoras. La mía ni siquiera tiene un bibliotecario.

Al estar muerto, veo lugares que antes nunca vi. Veo hogares y no rascacielos, escuelas mejores de lo que había imaginado nunca. ¿Quién sabía que había escuelas que tenían computadoras y laboratorios de ciencias? ¿Bibliotecas con almohadones mullidos y sillones?

No me habría importado estudiar en la escuela

de Sarah. Si hubiera ido a la escuela de Sarah, nunca habría llegado tarde ni habría fingido estar enfermo.

No creo que a ningún chico en mi vieja escuela, incluso los problemáticos, les hubiera importado tener una escuela pintada de color azul cielo con luces brillantes y pasillos limpios.

La amable bibliotecaria, con lentes que cuelgan de su cuello, se acerca a nosotros, se detiene en seco, con expresión perpleja, y entonces me rodea a mí y aprieta el hombro de Sarah.

—¿No deberías estar en clase, Sarah?

Sarah no responde.

—¿Estás bien?—la señora Penny, según dice su placa, anima a Sarah a sentarse—. Llamaré al despacho de la directora, y le haré saber que estás aquí.

—No, espere.

La señora Penny se sienta en la silla tamaño infantil. Se inclina hacia delante y pregunta.

—¿Quieres ver a un consejero? Puedo llamar al señor Stevens.

—No. Solo quiero sentarme.

La señora Penny echa la espalda hacia atrás.

—Siéntate todo el tiempo que necesites.

—¿Y si es siempre?

—Creo que tendrías hambre—dice la señora Penny dándole golpecitos en la mano—. Te aburrirías.

Sarah no puede evitar reír, y yo me siento alegre. No he oído risas en mucho tiempo. Sarah se detiene.

—En clase, algunos hablan de lo buen policía que es mi papá. Él *es* un buen policía, pero no puede serlo si mató a un chico, ¿no?

La señora Penny no dice nada, y solo le da un abrazo.

—Pregúntale sobre Emmett—susurro yo, aunque la señora Penny no puede oírme.

—Señora Penny, ¿ha oído sobre Emmett Till?

—Bueno, ese es un caso terrible—se queda mirando al espacio sin expresión—. Puedes investigarlo cuando seas más mayor.

—¿Por qué no ahora?

Sí, pienso yo, sintiéndome orgulloso de Sarah. *¿Qué hay de malo en hacerlo ahora?*

—Sabrás sobre Emmett cuando aprendas más sobre derechos civiles.

—¿Cuándo será eso?

—Bueno—dice la señora Penny un poco nerviosa—, sucede poco a poco. Durante el Mes de Historia Afroamericana. En la clase de historia. Estudios sociales.

—Estoy en séptimo grado y no he aprendido sobre Emmett Till.

—Quizá no deberías saber sobre eso. Al menos por ahora. Es terrible cuando hombres adultos matan a un niño.

—¿Como hizo mi papá?

—Oh, Sarah, no me refería a...

—¡Pero es cierto!—grito en el oído de la bibliotecaria—. Es terrible cuando un hombre mata a un niño.

Sarah me mira. Entonces, mira a la bibliotecaria.

—Jerome murió en la ciudad. En Chicago. La misma ciudad donde nació Emmett.

—Eso es cierto. Pero Emmett Till fue asesinado en Mississippi. Hace sesenta años atrás.

—Y ¿cuál es la diferencia?

—La muerte de Emmett marcó una diferencia. Su muerte comenzó el Movimiento por los Derechos Civiles Afroamericanos.

—¿Se refiere a Martin Luther King Jr.?

—Sí. Pero también a mucho más. La integración social en las escuelas: el caso *Brown v. Junta de Educación*. La desegregación de trenes y autobuses. ¿Has oído de Rosa Parks? ¿La Marcha en Washington? ¿La ley de derecho de voto? Así que es mucho, mucho más, Sarah.

—¿Está diciendo que la muerte de Jerome es menos importante?

—No, no, no estoy diciendo eso. Yo era una chica como tú cuando se produjo el llamado por los derechos civiles. Mi familia era judía, y nosotros también conocíamos la discriminación. Todo tipo de personas lucharon por el cambio. En 1955, la señora Till fue muy, muy valiente. Insistió en que dejaran abierto el ataúd. Ella escribió: "Que el mundo vea lo que yo he visto".

—¿Puedo verlo yo?

La señora Penny cierra los ojos, los abre de nuevo y entonces da un suspiro.

—Mejor prender una vela que maldecir la oscuridad.

—¿Qué significa eso?

—Es un proverbio chino. Significa que voy a mostrarte una fotografía de Emmett Till. Yo tenía tu misma edad cuando la vi.

La señora Penny teclea "ataúd" y "Till" en la barra de búsqueda de la computadora. *Clic*.

Yo me volteo. No quiero mirar. La muerte es muerte. No importa cómo se vea la persona muerta. Salgo de la biblioteca, recorro el pasillo y cruzo las puertas principales.

Es un día brillante y soleado.

Oigo llorar a Sarah, diciendo "Oh, oh, oh" una y otra vez.

DEAMBULAR

Están saliendo las hojas en los árboles. Yo camino, y camino, y camino. Al menos, siento como que estoy caminando.

Voy vagando, sin dirigirme a ningún lugar.

¿Por qué sigo aquí todavía? Sin embargo, no estoy aquí. Camino entre la gente, invisible, y aun así las personas abren espacio para mí. Como si el peso de mi aire fuera tangible. Real.

Muerto, camino mientras las personas vivas hablan, ríen, hacen planes.

Emmett camina a mi lado. Simplemente así. *Bam.* No está aquí, y entonces está aquí. A mi lado. Él sonríe. Yo quiero golpearlo.

No quiero conocer a un fantasma de sesenta años de edad.

Quiero irme a casa. Pero casa ya no es más mi casa.

Quizá, si esperara, vería a mi familia llegar a ser feliz sin mí. No quiero esperar por tanto tiempo.

No quiero sentir que me extrañan cada vez menos. *¿Sucederá eso?*

Espero que no.

Espero que suceda. No quiero que mamá, papá, la abuela y Kim sean infelices siempre por mi causa.

Me muevo cada vez con más rapidez. Soy como humo en el viento. Si estuviera vivo, estaría corriendo.

Emmett sigue mi ritmo. Estoy cada vez más enojado.

—¡Deja de molestarme!—grito—. Vete. Déjame solo.

Me detengo abruptamente. Si estuviera vivo, Emmett y yo nos chocaríamos.

—¿Por qué nos mataron?—grito.

—Correcto. ¿Por qué?

Otro fantasma camina por delante. Se mueve de lado a lado, balanceándose. Es grácil. Da saltitos. Lleva un suéter color gris.

—¿Quién es?—pregunto.

—Murió hace unos seis años atrás. En Florida.

—Oye, chico—grito yo—. ¡Hola!

Él sigue caminando. Se sigue moviendo por delante de mí.

Lo único que puedo pensar es: Peter Pan *apesta*.

Vista preliminar
Tribunal de Chicago

18 de abril

Llaman al papá de Sarah a subir al estrado. Se ve elegante con su uniforme, pero también se ve desanimado. Cansado. Los extremos de su boca se ven encorvados hacia abajo; sus ojos enrojecidos. Casi siento lástima por él.

Yo estoy de pie al fondo, cerca de las puertas dobles. Quiero huir de allí pero no puedo evitar quedarme.

Emmett no está.

Sarah se sienta al lado de su mamá. Miro fijamente la parte trasera de su cabeza, su cabello color castaño, pensando: *Mírame. Mírame.* Ella no se voltea.

Mamá descansa su cabeza sobre el hombro de papá. La abuela llora calladamente, y grandes lágrimas empapan su rostro.

El fiscal se acerca y se sitúa cara a cara con el oficial Moore.

—¿Anunció su presencia? ¿Dijo: "Policía"?

—No.

—¿Ordenó a Jerome Rogers que bajara la pistola?

—No.

—¿Y que pusiera sus manos arriba?

—No.

—¿Disparó desde el auto patrulla antes de que se detuviera totalmente?

—No lo sé.

—¿Sí o no?

—Supongo que sí.

El oficial Moore agacha la mirada, como si hubiera una respuesta escrita en sus manos. *Sí. No.*

—Sí —dice, mirando directamente al abogado—. Él movía su arma. Un auto de policía es un ataúd. Tenía que reaccionar.

—¿Reaccionó cuando Jerome Rogers estaba tendido en el suelo herido? ¿Le prestó ayuda?

—No.

—¿Le hizo la RCP (reanimación cardiopulmonar)?

—¡Objeción!—grita el abogado defensor.

—Ha lugar—responde la jueza.

—¿Llamó al 9-1-1?—persiste el fiscal.

—Objeción.

—Ha lugar. Abogado, lo citaré por desacato.

—Lo siento, señoría. Solo busco aclaración sobre la incuestionable falta de ayuda.

—Objeción—ruge la defensa.

Antes de la que la jueza golpee su mazo, el oficial Moore responde con voz ronca.

—No. No hubo ayuda.

La sala estalla de enojo. Caos. Sarah y su mamá se abrazan fuerte. Mamá se estremece, y entonces cae sobre papá. Papá intenta mantenerla erguida. Puedo saber que él intenta ser fuerte. Intenta calmar a mamá y a la abuela. Igual que yo intentaba hacer siempre.

No se pueden decir tres cosas buenas. No se puede arreglar lo equivocado.

*   *   *

—Se suspende la sesión. Mañana, a las nueve de la mañana. Comenzaremos otra vez mañana.

El enojo surge y se levanta como si fuera un huracán. Sarah entierra su cara en el regazo de su mamá.

Yo no puedo ayudar a la abuela, ni a mamá ni a papá.

Salgo de allí. *Desaparezco.*

CARLOS

Desde el mes de enero, la abuela acompaña a Kim hasta la escuela. Carlos se junta con ellos en las escaleras y acompaña adentro a Kim. Después de la escuela, Carlos los acompaña a casa. Cuatro meses, y caminan. Es un ritual.

Carlos es un buen hermano mayor. Él no es yo, pero es mejor que nadie.

Tanto la abuela como Kim han perdido peso. La abuela parece mucho más vieja, y Kim apenas sonríe excepto cuando Carlos hace bromas. O le entrega dibujos. O regalos como goma de mascar, o un caramelo color púrpura. Algunas veces, Carlos hace piruetas laterales y Kim se ríe.

Él le cuenta sobre San Antonio.

—Siempre hace sol. Nunca nieva. El cielo es muy claro y azul. No hay rascacielos. No como en Chicago—habla moviendo los brazos, dando saltos hacia atrás, conversando con emoción. Lleva unos tenis.

—El río San Antonio. Discurre lento, por el centro de la ciudad. Se le llama el Paseo del Río. Los fines de semana, hay celebración. Gente en pequeños botes, algunos comiendo y bebiendo al lado del río. Hay todo tipo de música. Mariachi, jazz, pop.

Kim se detiene y se cambia de lado la mochila. La cabeza de la abuela se voltea y la observa.

—¿Vas a regresar?

Carlos muestra una sonrisa.

—No—dice con solemnidad—No podría regresar. Chicago es mi hogar ahora.

Kim sonríe, y entonces sale corriendo felizmente.

La abuela pone su mano sobre el hombro de Carlos.

—Eres un buen chico, Carlos. ¿Crees que puedes acompañar a Kim a casa tú solo?

—También puedo acompañarla hasta la escuela.

—No, todavía no estoy preparada—la abuela se frota la frente—. Sé que no es bueno para mí merodear cerca. Un paso cada vez. Yo acompañaré a Kim a la escuela, y tú la acompañas a casa.

—¿Confía en mí?

—Sí.

Carlos agacha la cabeza; mueve los dedos de sus pies dentro de sus tenis. Está orgulloso. La abuela le da unos golpecitos en el hombro.

—Jerome debería haberte invitado a cenar. Yo no sabía que tenía un buen amigo. ¿Te gusta el pastel?

—Kim, espera—dice Carlos sin responder. Va corriendo hacia ella.

Yo me enfoco en Carlos cuando llega a la altura de Kim. Me cae bien. Muy bien.

Los dos ralentizan el paso, se detienen y esperan a la abuela.

Carlos mantiene el perfil. La tristeza lo rodea; eso no sucedía cuando nos conocimos. No de este modo…no como si estuviera de pie ante una tumba.

Cuando la abuela se acerca, él muestra una gran sonrisa. Ahora sé que es falsa.

Si entrecierro los ojos, puedo imaginar que Carlos
soy yo.

Vista preliminar
Tribunal de Chicago

19 de abril

Segundo día.

—Llamo al oficial Moore de nuevo al estrado— dice el fiscal.

Yo busco a Sarah. No está en la sala. Quizá sus padres han decidido que la vista es demasiado para ella. La están protegiendo como mi familia intentaba protegerme a mí. Me gustaría poder decirles que no está funcionando. Sarah ya me ve; mejor de lo que su papá me vio nunca.

(Es extraño, pero los bancos de la sala me recuerdan a las bancas de iglesia. Largos, duros, de madera pulida).

La abuela tiene problemas para respirar. Susurrando, mamá la rodea con su brazo. Aparece Emmett, se sitúa detrás de la abuela y, sorprendentemente, ella da un gran suspiro. Respira clara y profundamente.

—Estoy bien—le dice a mamá acariciando su mano.

El oficial Moore se sienta en la silla de testigos. Ha hecho el juramento por segunda vez.

—¿Jura usted decir la verdad?

—Lo juro—responde con la mirada al frente, mirando por encima de las cabezas de mi familia. Entonces se sienta.

—Usted creyó que la víctima, un niño, era un hombre robusto.

—Objeción. No es una pregunta, señoría.

—Ha lugar.

—Usted temía por su vida.

—Objeción. No es una pregunta. Testimonio repetido.

—Ha lugar—la jueza se inclina hacia delante. Aunque intenta ocultarlo, está irritada—. ¿Tiene una pregunta, abogado?

—Sí, señoría, la tengo—el fiscal se voltea y se aleja de la jueza y del oficial. Mira a papá. Entonces, volteándose hacia el estrado, habla con seriedad y voz alta—. ¿Por qué el chico tenía disparos en la espalda?

Agitación. Pánico. Pisotones en el piso. Destellos de cámaras.

—No se toman fotos—asevera el secretario. Los reporteros gritan preguntas. Activistas comunitarios demandan justicia. Mamá, papá y la abuela se acercan, se abrazan y lloran.

—Orden, orden—el mazo golpea una y otra vez.

La esposa del oficial Moore cierra sus ojos.

El oficial Moore parece incómodo. Veo el cráneo debajo de su cara.

El video me muestra a mí con disparos en la espalda. La gente lo sabía. Esta es la primera vez que el abogado lo ha dicho, pero todos sabían que llegaría este momento. Los padres de Sarah. El otro abogado. Mi familia.

—Él estaba huyendo. ¿Por qué disparó usted?

Se apaga el ruido. Hay un silencio tenso. Como si este segundo fuera el momento más importante del mundo. La respuesta desata todo el universo.

—Tenía miedo por mi vida—los ojos del oficial Moore se ven desalentados.

—Está usted bajo juramento.

—Tenía miedo por mi vida—dice, ahora con más fuerza.

Si yo estuviera vivo, todo mi cuerpo estaría temblando. El oficial Moore declara (creo yo) una verdad que él cree. Cuando la verdad es un sentimiento, ¿puede ser ambas cosas? ¿Verdad y falsedad?

En verdad: tenía miedo por mi vida.

DEAMBULAR

El sendero de tierra que conduce a nuestro apartamento tiene diente de león silvestre. Ya no son hierbas, han florecido de amarillo.

No he visto a Emmett. Estoy aliviado. No quiero verlo. Tampoco quiero ver a Sarah.

No estoy seguro de cómo poder ayudarla. Ni siquiera estoy seguro de querer hacerlo.

La gente dice de los muertos: "Descansa en paz". Yo no he tenido ninguna de las dos cosas. Ni descanso ni paz.

Voy deambulando y viendo barrios que nunca antes he visto. Algunas personas viven en casas enormes. Tienen rosas de color amarillo, rojo y blanco plantadas en sus jardines. Hay gatos descansando en el alféizar de las ventanas. Algunas casas tienen vallas pintadas a las que sus perros se aproximan ladrando y moviendo la cola. (Los animales saben que sigo aquí. Me gustaría haber tenido uno. Un perro grande, como un labrador negro o un pastor alemán).

Chicago es una ciudad más hermosa de lo que había pensado. Yo no sabía que había parques con columpios, toboganes y pistas para correr y para bicicletas. No sabía que había más de cien rascacielos. O el zoológico Lincoln Park, con pingüinos africanos con rayas blancas y negras.

Me gustaría poder decirle a Carlos que Chicago también tiene un río. Mamás empujan los cochecitos de sus bebés. Hombres y mujeres corren vestidos con calzas negras. Hay surfistas que hacen surf en el río. Quisiera haberlo probado. Quisiera haber sabido que el mundo era mucho más grande y mejor que mi barrio.

*   *   *

He dejado de seguir como una sombra a mamá y papá. Es demasiado doloroso observarlos actuar como si fueran robots.

Es como si a ellos también les hubieran disparado. No están felices como antes.

Mamá y papá solían reír y jugar a juegos de cartas. Alborotarse por Kim y yo.

Dentro de la casa es peor. Papá pasa de largo por la puerta cerrada de mi cuarto. Ya no va a ver a Kim antes de irse al trabajo. En la cocina, mamá, con sus hombros agachados, apenas come ni habla. No hay despedidas entre ellos dos. No se abrazan ni se besan. Solo trabajo. Sueño.

Intentando olvidar.

A la abuela y a Kim no les importa mostrar su tristeza. Especialmente después de la cena. Conversan sobre mí y lloran. Sufren y parecen reales. Con vida.

Me preocupa que mamá y papá se acostumbren a intentar no sentir. Si se acostumbran tanto a eso, algún día ya no sentirán nada. Eso sería peor que mi muerte.

* * *

Voy por la Calle Green, detrás de la abuela y de Kim en su camino a la escuela, y después voy detrás de Kim y Carlos en su regreso a la casa. En ambos trayectos, paso por Green Acres. Mantengo la vista adelante, sin querer mirar el lugar donde me mataron.

Vista preliminar
Tribunal de Chicago

19 de abril

Tras el almuerzo, todos regresan a la sala. El oficial Moore se sienta al lado de su abogado. El fiscal (supongo que es mi abogado) se sienta solo. Parece confiado, relajado.

Todos se ponen de pie cuando entra la jueza. Su cara no muestra tranquilidad. El ceño fruncido; los labios apretados; respira profundamente.

Algo va mal. Ella tiene una mirada amable, pero, cuando habla, su voz se oye con la calma de un robot:

—Como recordatorio, esta vista no es para determinar la inocencia o la culpabilidad—dice la jueza mirando a todas partes y, sin embargo, a ningún lugar en particular—, sino más bien si hay evidencia suficiente para que el Estado presente cargos criminales

contra el oficial Moore. Las circunstancias son trági-
cas, sin ninguna duda. El tribunal lamenta la muerte
de Jerome Rogers. Pero...

Todos tragan aire y contienen la respiración.
Calma, silencio. No se oye ni una mosca.

—...la justicia se modera por el hecho de que el
trabajo de un oficial de policía es increíblemente
duro y complicado. Una llamada al número de emer-
gencias, un joven con una pistola que parece de verdad, un interés por la seguridad pública y el miedo
por su vida de un oficial, son todos ellos hechos que
he considerado. En opinión de este tribunal, no hay
evidencia suficiente para acusar al oficial Moore de
fuerza excesiva, homicidio imprudencial o asesinato.

EN LA ESCUELA
Y DESPUÉS

Es el mes de mayo. Los dientes de león son blancos ahora. Flotan por el aire nubes de semillas, posándose sobre la hierba y los terrenos vacíos. La escuela terminará en seis semanas.

Cada mañana, Carlos se junta con Kim. Le dice "hola" a la abuela y agarra la pesada mochila de Kim.

—Gracias—responde Kim, faltándole un poco la respiración.

Yo los sigo detrás. Pero hoy siento pánico. Mike, Eddie y Snap están en lo alto de las escaleras, de pie delante de las puertas de la escuela como si fueran guardias. Otros chicos no les piden que se aparten. Solamente se mueven y los esquivan.

Estoy asustado. Mike, Eddie y Snap nunca amenazaron a Kim, pero quizá eso ahora cambió.

Yo grito. No hay reacción. No puedo proteger a Kim.

La abuela, preocupada, grita "¡Kim!", sintiendo el peligro.

—Está bien—responde Carlos gritando, y la abuela se balancea de un lado a otro, con sus brazos cruzados sobre su estómago.

Carlos agarra la mano de Kim. Delgado como un raíl de tren, no es mucho más alto que Kim. No es rival para un abusón, y mucho menos para tres.

Con cautela, Kim observa a Carlos. Yo también lo observo, preocupado porque Carlos vaya a sacar otra pistola de juguete.

Incluso un juguete atrae a policías y pone en peligro a Kim. Yo sigo moviéndome en círculo alrededor de Kim, Snap, Eddie, Mike y Carlos, deseando poder ser visible, poder estar vivo otra vez. Poder mantener a salvo a mi hermana.

Con los pies plantados firmemente, Carlos dice:

—Kim es mi familia—y lo repite con fuerza—. Ella es mi familia.

Eddie baja uno de los escalones, situándose cara a cara con Carlos, más cerca de Carlos y Kim.

Yo grito, pero nadie me escucha.

Eddie ofrece su mano.

—Bueno, con respeto—dice en voz alta para que todos lo oigan. Algunos chicos se detienen y miran; otros siguen caminando con la cabeza agachada—. Con respeto.

Carlos sonríe, y Eddie se voltea hacia Kim.

—Lamento lo de tu hermano.

Me preocupa que Kim vaya a decirle que es un abusón, pero ella es inteligente. Eddie puede hacerles la vida difícil a ella y a Carlos.

—Gracias—dice ella simplemente.

Aliviados, todos sonríen.

Carlos y Kim se despiden de la abuela con la mano. Eddie, Mike y Snap caminan de cerca a espaldas de ellos. Los chicos miran.

Los cuatro (Carlos, Eddie, Mike y Snap) acompañan a mi hermana hasta su clase.

No es una nueva alianza. Es simplemente una tregua.

*   *   *

Me siento en las escaleras de la escuela y lloro. No de infelicidad, sino de felicidad. ¿Cómo es que la vida parece mejor ahora que estoy muerto? Ni siquiera los abusones son ya abusones.

Mientras sigo sufriendo por mamá y papá, la abuela y Kim están siguiendo adelante. Carlos ayuda.

La vida *es* mejor.

¿Cuándo podré yo seguir adelante? ¿Cuándo podrá Emmett? ¿Y los otros chicos fantasmas?

Me pongo de pie y grito. Nadie me oye ni me ve. No dejo de gritar. *No es justo.*

Suena el timbre de la escuela.

Carlos acompaña a casa a Kim. Parte una rama de un árbol, y después la vuelve a partir. Baquetas de batería. Va golpeando con ritmo edificios, escalones y basureros de metal. Unos golpes rápidos y nítidos. A los dos nos gusta la percusión. ¿Quizá podríamos haber ahorrado dinero para comprar baquetas?

Kim da saltitos, baila. Los pájaros se escabullen y

planean por el aire. Incluso el sol parece sonreír. Mi hermana vuelve a divertirse. Grita: "¡Más rápido, más rápido!". Yo bailo al lado de ellos. No pueden verme.

Carlos golpea sobre un televisor que está en la basura en la calle. La tapa de plástico causa un sonido hueco y profundo; el tubo de cristal suena agudo. Mi hermana se contonea con las correas de su mochila. Da vueltas y vueltas, y un hombre viejo sentado en la escalera de entrada de su casa aplaude. Dos mujeres, que están partiendo vainas de frijoles en su porche, sonríen y gritan: "Baila, muchacha". Otros niños también dan vueltas. Carlos sigue el ritmo. Estoy feliz por mi hermana, que disfruta del sol, la música y de estar viva.

Kim se detiene. Sus trenzas están despeinadas; uno de sus calcetines se le ha bajado hasta el tobillo. Está hecha un desastre. Un sonriente desastre. Entonces, su sonrisa desaparece.

Carlos deja de golpear y de hacer ritmos. La gente pierde el interés. Dos niñas vuelven a jugar a las matatenas (*jacks*).

—¿Estás bien? ¿Estás bien?

Su expresión es seria, tensa como cuando oímos disparos afuera de la ventana de nuestro apartamento. O cuando los vecinos de arriba se pelean.

—Vas a tener que decírselo a la abuela.

Carlos se retrae. Parece incluso más fuera de lugar; de nuevo, solamente un chico de Texas en Illinois. Le entrega sus palos a un niño que lleva puesta una gorra de béisbol.

—Vas a tener que decírselo.

—Sí.

Me siento mal por Carlos.

NO DIGAS MENTIRAS

Sentados en los escalones del apartamento de mi familia, todo el mundo charla. Nunca me di cuenta de que la gente charlaba tanto. Niños pequeños, personas mayores, los hombres de pie golpeteando, conversando en el rincón.

Cuando la gente cuenta historias, el barrio es acogedor. Es como si resplandeciera, de dentro hacia afuera. Las calles huelen a barbacoa y frijoles. Todo el mundo tiene una historia:

¿Te lo conté? ¿Te hablé de mi dolor de cadera? ¿De mi jefe? ¿De mis movimientos de baile de breakdance*? ¿Te dije que crecí en Carolina?*

¿Te dije que... saqué un sobresaliente en matemáticas? ¿Te dije que me robaron el auto? ¿Que encontré un pajarito muerto?

¿Te conté por qué lloré? ¿Te dije cómo me hirieron? ¿Que encontré a mi perro perdido? ¿Te conté cómo se enfermó mi papá? ¿Que los crayones azules son felices, y los naranjas son tristes?

¿Te conté de mí, de cómo morí?

Kim tiene razón. Carlos tiene que contarle su historia a la abuela. Ella no puede contarlo. Carlos tiene que decir que él me dio la pistola de juguete.

Igual que Emmett tiene que contarme su historia. Pero él dice que no estoy preparado para escucharla. ¿Por eso estoy aquí? ¿Para prepararme?

Aparecen chicos fantasmas. Van apareciendo uno a uno. Varios chicos que visten suéteres con capucha, camisetas deportivas, overoles. Hay un chico que parece tener ocho años. Otro de ellos (¿Tamir?) tiene un arma de juguete.

Los fantasmas llenan la calle. Algunos están de pie delante, o al lado o detrás de los vivos. Dos mundos. La abuela tiene razón. *"Muertos, vivos... ambos mundos están cerca". "Cada adiós no es una despedida".*

Aunque la vida termina, no termina.

El perro del señor Anders, Joey, ladra. El señor Anders le indica que se calle. Joey olfatea.

Yo pienso: *Buen muchacho. Buen perro.*

El cielo muestra una media luna. Aparece Emmett. Todos los fantasmas lo observan.

¿Sería él el primer niño afroamericano asesinado? No. No lo creo. La esclavitud fue horrible. Después, papá dijo que el KKK (Ku Klux Klan) comenzó a linchar.

Los chicos fantasmas asienten con la cabeza, dan un paso atrás, chocan las manos. Emmett es el líder. El líder de nuestro grupo. Una alianza poco natural: jóvenes pero muertos.

Los chicos fantasmas.

Ahora lo entiendo. No todo se trata de mí.

ESCUCHAR

—¿Qué te sucedió? ¿Qué fue mal?

Emmett y yo estamos solos. Los chicos fantasmas han desaparecido, como si supieran que ahora es el momento para la historia de Emmett.

Los vecinos están dormidos. La luna brilla. Las mariposas nocturnas revolotean. Mañana es día de recogida de basura. Hay ratas que se meten en las cubetas y comen de las bolsas de plástico. Mi barrio es pobre y está segregado. Hasta que comencé a vagar por las calles, no supe cuánto. No sabía hasta dónde yo vivía en una zona de peligro.

Pero ¿por qué me tenían miedo los policías?

—¿Estás preparado para escuchar?

Yo asiento con la cabeza. Emmett da un suspiro.

—Vayamos a mi casa.

Dos sacudidas, y estamos allí. Una casa de ladrillo de dos pisos con escalones bajos y profundos, y un toldo para alejar la lluvia del terreno.

—West Woodlawn. Mi mamá y yo vivíamos en el último piso.

Su apartamento no está lejos de donde vive mi familia. ¿Ha sido siempre pobre nuestro barrio? Emmett habla lentamente.

—Mi tío abuelo, Moses Wright, y su esposa, Elizabeth, vivían en Money, Mississippi. Mis primos Curtis, Wheeler y yo suplicábamos ir a visitarlos. Queríamos jugar con Simeon, Robert y Maurice. Seis chicos. Casi suficientes para completar un equipo. Además, Maurice dijo que nos llevaría a pescar. Cerca de su casa pasaban cuatro ríos, y había siete lagos profundos. ¿Te imaginas? Yo quería ver toda esa agua.

—Mi tío era aparcero, pero vivía como inquilino en la casa más bonita en la Plantación Frederick. Era una cabaña deteriorada con tejado de hojalata, pero tenía dos cuartos en el frente y dos en la parte trasera. Mis primos y yo dormíamos en camas de metal color azul y compartíamos las cajas de ropa. Éramos felices, no nos importaba. "Gente muy pobre", solía decir mi mamá. "Por eso dejé Mississippi. Porque no quería ser un aparcero que recoge algodón".

—Gente muy pobre—repite Emmett—. Una letrina maloliente. Una caja de hielo con hielo de verdad, sin electricidad, para enfriar los alimentos. Pero me encantaba estar con mis primos de Mississippi. Ellos vagabundeaban. En Chicago, mi mamá nunca me dejaba vagabundear.

Emmett echa hacia atrás su cabeza. Creo que está mirando al cielo. Pero no es así, pues tiene los ojos cerrados. Un escalofrío lo hace estremecerse. Mira al suelo y después a mí. Sus ojos, cada vez más abiertos, me atraen hacia ellos como si fuera a ahogarme.

—Después de un viaje en tren durante toda la noche, llegué a Money, Mississippi, el 21 de agosto. El día 28 de agosto, morí.

Ya no estoy afuera. Estoy adentro. En una película antigua en blanco y negro.

Emmett está contando su historia haciéndome sentir.

***

De pie en el costado de la carretera, observo a Emmett con vida, viviendo en su mundo de antaño.

Los robles forman un arco; cuelgan las hojas de los cipreses. El pasto llega hasta la rodilla. Los cuervos planean por el aire y graznan; los pájaros carpinteros picotean.

Las ardillas corren deprisa. Emmett y sus primos están jugando.

El aire es caliente, más caliente que el de Chicago. Y, aunque no puedo sentirlo, puedo ver humedad en el aire.

Todos están cubiertos de sudor.

Emmett lleva puesto su sombrero. Sigue pareciendo una ardilla rayada, pero ahora con piel, regordete y brillante.

Emmett se está riendo, y sus hombros se chocan con los de Maurice. Maurice es quien mejor le cae. Es el de más edad. El hermano mayor. Se pelean, medio en serio.

—¡Vamos!—grita Simeon. Todos salen corriendo levantando polvo del suelo, tropezándose con las piedras y corriendo por el bosque.

Los primos corren hasta el río. A Emmett se le cae el sombrero.

Yo intento gritar: "¡Emmett, tu sombrero!".

Wheeler señala a Simeon. Él es el más joven y el más pequeño. Emmett asiente, y entonces Wheeler y él levantan a Simeon, lanzándolo al río. Hace tanto calor que a Simeon no le importa. Robert y Maurice se ríen.

—Vayamos a la ciudad —*Maurice se voltea hacia Emmett.*

Pone las manos sobre sus hombros y después habla con seriedad.

—Di: "Sí, señora" o "no, señor" a la gente blanca. No mires a los ojos a ningún blanco.

Emmett lanza una piedra, que da saltos sobre el agua y después se hunde.

—Tú no eres mi tío, ni tampoco mi mamá.

—No seas estúpido, Emmett. Esto es Mississippi.

—Ya sé que es Mississippi.

—Apártate a un lado si personas blancas van caminando por la misma calle. Pasa a la carretera si es necesario. Deja pasar a los blancos primero.

Emmett se limpia el sudor de su frente y musita.

—No le tengo miedo a la gente blanca.

Nadie excepto yo lo oye.

La ciudad no es gran cosa. Carreteras de tierra, aceras de madera. Algunas tiendas con porches. Hombres blancos y negros, segregados, juegan a las damas y beben refrescos afuera. Hombres de campo que visten ropa tejana. Mujeres con vestidos de flores. Dos chicas afroamericanas van saltando. Es un día soleado y brillante.

La tienda más grande es Bryant´s Grocery y el mercado de la carne.

—*Los Bryant les venden principalmente a los afroamericanos*—dice Maurice—. *Los blancos conducen hasta Greenwood. Tienen tiendas mucho mejores.*

—¿*Los Bryant tienen goma de mascar?*—pregunta Emmett.

—*Ten cuidado. No digas nada*—dice Simeon, con su ropa aún mojada.

—*La vida es diferente en Chicago*—alardea Emmett con tono despreciativo—. *Yo hablo con personas blancas todo el tiempo.*

—*No, no lo haces*—se burla Simeon.

—*Sí lo hago. Te lo demostraré*—se dirige hacia la tienda.

—No —dice Simeon.

—¿Crees que estoy asustado?

Simeon agarra por el hombro a Emmett, y éste se zafa.

"No". Mi voz no emite ningún sonido. *Estúpido, estúpido, estúpido.* Emmett, no seas estúpido.

—Aquí es diferente —dice Simeon con furia y desesperación—. Díselo, Maurice. A la gente aquí no les importan los afroamericanos. No les gustan los afroamericanos.

—Ni siquiera creen que seamos personas —dice Maurice, con tono de tristeza.

Emmett no escucha, y entra en la tienda.

No hay muchas cosas en la tienda. Algunas papas fritas y dulces. Refrescos fríos. Sacos de harina, de azúcar y de sal.

Una mujer de cabello largo y color castaño está sentada en un taburete detrás del mostrador. Está pálida, tiene ojos color café y lleva labial rojo.

Emmett saca una goma de mascar de una lata y pone un centavo en la mano de ella.

Se va de allí, sin ver la indignación de la mujer.

Yo sí lo veo. Es odio.

Cuando llega a la puerta, se detiene, se voltea y sonríe.

—Adiós.

Sin palabras, grito: "¡Corre, Emmett!". Como si yo intentara correr.

Simeon sube al porche de un salto.

—¿Le hablaste?

—Sí—dice Emmett desenvolviendo su goma de mascar—. Le dije adiós como haría en Chicago. Puse el centavo en su mano.

—¿Pusiste el centavo en su mano?

—¿Y qué?

Simeon da un salto y se voltea, como si la tierra quemara. Arrastra a Emmett hacia los primos. Habla con rapidez y casi chillando.

—Le habló, la tocó.

Robert tiembla. Wheeler pregunta qué pasó. Curtis, igual que Emmett, se ha quedado perplejo.

—Tenemos que irnos—insiste Maurice.

—¿Por…por qué, qué…qué pasa?—tartamudea Emmett.

La señora Bryant sale corriendo de la tienda. Sus vestido amarillo se mueve con sus pasos.

—Va a agarrar su pistola—advierte Simeon.

Aturdido, Emmett no puede moverse. Nadie puede moverse. Están paralizados.

La señora Bryant abre de par en par la puerta de su auto, y alcanza algo que está dentro.

—¿Qué…qué…qué pasa?—por la ansiedad, la voz de Emmett adquiere un tono más agudo—. ¿Qué…qué…qué pasa?

Los sonidos parecen de burla.

La mujer blanca mira con furia a Emmett como si él fuera un monstruo. Cree que él se está burlando de ella.

Se reúne un grupo de gente: hombres, mujeres e incluso algunos niños, todos blancos. Los afroamericanos, con sus cabezas agachadas, se hacen a un lado y van desapareciendo. Escapan.

Incluso estando muerto, puedo sentir y oler el peligro.

—¡Corre!—grita Simeon.

Emmett sale corriendo. Corre tan rápido como puede.

No puede correr lo bastante rápido.

———

Emmett hace una pausa, cierra los ojos y después musita.

—Les rogué a mis primos que no se lo dijeran a mi tío y a mi tía. Dije que no quería que me enviaran de regreso a Chicago. Era joven, y estaba avergonzado. No entendía el problema en el que me había metido.

—Pero tú no hiciste nada malo.

Emmett casi se desvanece, y entonces veo su figura, más enfocada y valiente.

—Lo que importaba era lo que *ellos* (la gente blanca) pensaban que yo había hecho. La cosa empeora. Mira.

Miro sus ojos fijamente.

Pasada la medianoche, la casa está rodeada de oscuridad. Dos hombres blancos irrumpen en la cabaña, apuntando con sus armas, con linternas y rostros que examinan. Todos gritan asustados. La tía Elizabeth corre hacia el cuarto trasero, y ellos la siguen. La cara de Emmett se ilumina con la luz de las linternas.

—Levántate y vístete.

Petrificado, Emmett se orina. Se pone su overol encima del pijama.

—Es un niño. No es de aquí —ruega su tío, suplica—. Él no sabía.

Un hombre con cabello negro y rizado y camisa blanca de manga corta lo acorrala contra la pared.

—¿Cuántos años tienes?

—Sesenta y cuatro.

—Si causas algún problema, no vivirás para cumplir los sesenta y cinco.

Simeon agarra la pierna de Emmett, intentando evitar que los hombres se lo lleven arrastras. El segundo hombre lo golpea. Simeon da un gemido y se agarra el estómago. Wheeler sostiene a su hermano.

—¡Mamá, mamá! —grita Emmett.

Su tío y sus primos están gritando, rogando, suplicando en el porche.

Meten a Emmett a empujones en la cabina de una

camioneta. Está entre dos hombres. Uno de ellos maneja; el otro no deja de golpear a Emmett.

—Te enseñaré. Voy a enseñarte. (¡Bam!). Fuiste insolente con mi esposa. (¡Bam!). Nadie le falta al respeto a mi esposa. (¡Bam, bam!).

Emmett tiene la cara hinchada.

Yo no quiero ver eso. Retrocedo. ¿Cuántas veces ha contado Emmett esta historia? ¿Cientos? ¿Miles? Doy un profundo suspiro.

Mirando fijamente a sus ojos, estoy otra vez dentro de la historia. La película continúa.

El río Tallahatchie tiene destellos plateados. Revolotean las luciérnagas; los peces saltan buscando mariposas nocturnas, moscas. Sacan a Emmett de la camioneta arrastrándolo.

—Mamá.

—Tu mamá no va a ayudarte, muchacho.

Su puñetazo lo siente como un martillo. Emmett cae de rodillas.

El hombre de cabello oscuro le agarra las piernas y tira de él.

—Le faltaste el respeto a mi esposa —dice estrangulando a Emmett. Emmett se retuerce, intentando soltarse de sus manos. Sus pies se elevan del suelo—. ¿Quién te crees que eres?

Sus ojos sobresalen; se le llena la boca de sangre. Es lanzado al suelo.

No puedo mirar.

No puedo evitar mirar.

Una pistola.

Emmett no se mueve.

Al ver su cuerpo en el suelo, me veo a mí mismo.

El esposo dispara el arma, y salen chispas.

El espíritu de Emmett se eleva.

Con cable de alambre, los hombres amarran el cuerpo de Emmett a una rueda grande. Arrastran la rueda hasta el río, y observan cómo se hunde.

Hay manchas de sangre en la ribera del río. Ahí reposa el sombrero de Emmett. Sorprendentemente, está limpio. A un lado, con el ala hacia arriba.

—Lo siento, Emmett. Lo siento mucho.

Reaparecen los chicos fantasmas, cerniéndose, estudiando la cara de Emmett. Y la mía.

—En cuanto a todos nosotros—dice Emmett, moviendo su mano hacia afuera—, todos lo lamentamos los unos por los otros. Alguien decidió que no le caíamos bien... que éramos una amenaza, un peligro. Un problema.

Los chicos fantasmas asienten con la cabeza, esperando algo. Esperando algo de mí. Puedo sentirlo.

Los chicos fantasmas son mi nueva familia.

Entonces, siento una urgencia. En lo profundo de mí. Un reconocimiento.

Injusticia. Tragedia.

Se abre mi boca y sale de mí un sonido que no sabía que podía hacer. Aterrador, triste. Solamente los muertos lo oyen. Mi gemido sube y baja, sube y baja.

El espíritu de Emmett se funde con el mío. Fundidos, los dos gritamos.

—No es justo. Morí demasiado joven. Demasiado pronto.

Los chicos fantasmas también gritan, como un eco.

—No es justo. Morimos demasiado jóvenes. Demasiado pronto.

Terminamos agotados.

El mundo real duerme. Quizá en algún lugar, alguien canta "Sublime gracia".

¿Está soñando Kim? ¿Musita la abuela en sueños? ¿Y mis padres, y todos los padres de los chicos asesinados? ¿Descansan tranquilos? ¿Descansó alguna vez la mamá de Emmett? ¿Está muerta ahora?

Uno por uno, de dos en dos, en grupos pequeños, mi grupo de fantasmas grita.

—Dan testimonio —murmura Emmett.

—¿Qué significa eso?

—Todos necesitan que se escuche su historia. Que la sientan. Nos honramos los unos a los otros. Conectamos a través del tiempo.

Boquiabierto, observo a Emmett deambular en zigzag por el medio de la calle.

Espero, espero y espero hasta que salga el sol. Hasta que el barrio despierte.

Siento que tengo cien años. Siento como si acabaran de despertarme.

RECESOS DE LA ESCUELA

Invierno. Primavera. Verano.

Cada vez que veo a un chico afroamericano, grito: "Mantente a salvo". Ellos nunca me oyen.

Caminando por mi barrio, me pregunto cómo alguien puede reír, ser feliz. Las calles *son* peligrosas. Pandillas. Abusones. Tiros desde autos. Policía con pistolas.

Pero la gente necesita ser feliz. Si no, "ser como yo", grito. Estar muerto. Indiferente, abrumado por historias duras.

Sin embargo, es extraño, pero siento que hay algo en el aire. *Como un cambio, algo que tengo que hacer.*

*   *   *

Últimamente, me he estado quedando en mi calle. Noches, flores silvestres en el terreno vacío cercano, aromas de pollo y de col se filtran por las ventanas de las cocinas. Me gustaría poder comer. Jugar. Abrazar a mi hermana. Palmear a un perro. Acariciar a un gato.

Sin descanso, voy vagabundeando y observando. Veo un mundo que ya no es el mío.

Carlos estaba intentando que yo fuera feliz. Y *fui* un poco feliz.

Si hubiera sabido que iba a morir, ¿me habría hecho amigo de él?

Lo cierto es que, aunque no duró mucho, fue lindo tener un amigo.

CARLOS

Desde que terminó la escuela, desde que Kim le dijo que tenía que decírselo a la abuela, no he visto a Carlos. Estoy de pie en las escaleras de la escuela y pienso: *Carlos*.

Segundos después, estoy en el cuarto de un apartamento.

Carlos está tumbado en su cama con las manos cubriendo sus ojos. No está durmiendo. De vez en cuando mueve la pierna derecha. Resopla.

El viento hincha y mueve las cortinas. Hay velas sobre la cómoda de Carlos, el dibujo de una pistola de juguete, el envoltorio de un sándwich de la cafetería, una baqueta y otro dibujo de dos urinarios conmigo y Carlos dentro, golpeando y haciendo percusión sobre la pared de plástico. Hay una cruz de plata que cuelga de un rosario negro. Y una fotografía de la escuela: de mí, en séptimo grado, recortada del *Chicago Tribune*.

Es un altar de recuerdo. Como el de la abuela. Excepto que el de ella tiene una cruz y viejas fotografías en blanco y negro de ella y el abuelo Leni. El abuelo lleva muerto mucho tiempo, desde que yo nací. Pero, cada domingo, la abuela enciende velas y le habla a una fotografía del abuelo con uniforme de marinero. Él se ve bien con su brillante gorra blanca de marinero y sus pantalones acampanados. Es bien parecido, tiene la nariz ancha y una gran sonrisa.

La abuela le habla al abuelo sobre su semana. Le dice que le duelen los pies, que lo extraña mucho y que Kim sacó un noventa por ciento en su prueba de deletreo. Estoy seguro de que le habló de mi muerte.

—Todos van a creer que estás loca —insiste mamá— por hablarle a una fotografía.

Espero que Carlos me hable a mí.

*   *   *

Me enfoco. Moví el libro de Sarah. *¿Cuán difícil sería levantar y hacer volar un papel?*

Difícil.

Yo estaba enojado cuando moví el libro de Sarah. Pero ya no estoy enojado.

Al observar a Carlos, solo en su cuarto y sin mucho más allí excepto la cama, la cómoda y el altar, me siento triste. Me gustaría que él tuviera juguetes, libros. Una batería. Me gustaría poder darle los pósters de mi cuarto.

Enfócate, pienso. Amigos para siempre. Siempre. Amigos.

Mi foto del periódico se agita. Se eleva y después cae. Se agita un poco más.

Amigos para siempre. Siempre.

El papel se eleva y vuela, planea como una pluma, aterrizando suavemente sobre el estómago de Carlos.

Él se incorpora. Agarra el papel. Examina el cuarto.

—¿Jerome?

Yo estoy de pie delante de él. Él extiende su mano.

—¿Me perdonas?

—Carlos —se abre la puerta—. ¿Estás bien?

—Sí, papi.

Los dos se parecen. Ojos rasgados. Cabello negro, pestañas negras. Ninguno de los dos es alto, pero puedo saber que Carlos va a ser tan fuerte como su papá.

—Sal afuera a jugar. De otro modo, pensaré que quieres regresar a San Antonio.

—Aquí se está bien.

—¿Sigues preocupado por ese chico? —pregunta, señalando a mi fotografía.

—No. Ya no —dice Carlos, mirando más allá de mí—. Se llamaba Jerome. Fue mi primer amigo de Chicago.

Entonces Carlos comienza a llorar. Un llanto profundo y a bocanadas.

—Carlos, ¿qué sucede?

Sentado en la otra cama, su papá lo abraza. Carlos

le cuenta toda la historia. Estaba asustado por una escuela nueva. Los abusones. La pistola de juguete.

—¿Pistola?—pregunta su papá, separándose con enojo y apretando la mandíbula. Da un suspiro. Creo que va a estallar contra Carlos.

—Papi, lo siento. Lo siento.

Su papá cierra los ojos.

—No deberías tener que ir a la escuela asustado.

—Ya no estoy asustado, papi. De veras—Carlos consuela a su padre—. Jerome me ayudó. Me ayuda—dice mirando al espacio donde yo estoy de pie.

—Deberías haberme dicho que tenías miedo.

—Me daba vergüenza.

—Nunca sientas vergüenza. Eres un buen hijo. Todo el mundo se asusta algunas veces. Lo que importa es cómo lo manejas—su papá vuelve a cerrar los ojos, como si quisiera no ver lo que está imaginando—. Podrías haber sido tú.

Carlos traga saliva. No ha pensado en sí mismo muerto. Aterrado, comienza a temblar y agarra la mano de su papá. Una mano pequeña agarrada con fuerza por una mano más grande. Yo pongo mi mano encima de las de ellos. Ninguno me siente.

—Tengo que decírselo a la familia de Jerome. Fue mi culpa que él muriera.

—¿Quieres que te acompañe?

Yo sé que Carlos quiere decir: *Sí, acompáñame.* Pero, en cambio, dice que él lo hará. Su papá le da un abrazo.

—Un buen amigo sabe que no tenías intención de que sucediera nada malo.

—Sí. Jerome era un buen amigo.

—Su familia lo entenderá. Se sentirán tristes, pero lo entenderán.

—¿De veras?

—*De veras*—susurro yo.

—El Día de los Muertos—dice Carlos—quiero honrar a Jerome—entonces, los ojos de Carlos se entrecierran, y levanta la mirada—. Honrarte a ti, Jerome. Siempre. *¿Quizá él me siente?* Asiente con la cabeza.

Yo también asiento, aunque él no lo ve.

—El Día de los Muertos. ¿Podemos hacer eso, papi?

—¿Traer San Antonio a Chicago?

Carlos asiente.

LOS CHICOS FANTASMAS

—Claro. Honraremos a Jerome por ser bueno con mi chico—el papá de Carlos acaricia su cabello y lo despeina—. Sé que tú intentaste ser bueno con él.

—Lo hice.

Lo hiciste.

CARLOS Y LA ABUELA

Desde la ventana del piso superior, Kim ve llegar a Carlos. Se agitan las cortinas de su cuarto, y entonces se abre la puerta principal. Debió de haber corrido rápido como un rayo.

—¿Ahora?

—Sí.

—Te ayudaré.

—No, está bien.

—Jerome habría querido que lo hiciera.

Yo los sigo hasta la sala. Carlos se detiene y sonríe ante el altar de la abuela. Ella ha puesto el dibujo que Carlos hizo de mí junto a la fotografía de boda de ella y del abuelo. Hay un clavel rosa en un jarrón. A Carlos le agrada; Kim lo guía hasta la cocina.

La casa parece extraña, poco familiar. Como si

fuera un sueño que se desvanece, no puedo imagi-
narme vivir allí. Un espacio tan ajustado y limitante,
no expansivo como el mundo de los fantasmas.

He cambiado. No hay vuelta atrás. Ahora soy un
chico fantasma.

—Abuela, mira quién está aquí.

—Carlos—la abuela deja de cortar zanahorias.
Agarra un plato cubierto de papel de plata—. ¿Una
galleta?

—No. No, gracias.

—Tienes que agarrar una. Siéntate. Kim, trae la
leche.

Con expresión apenada, Kim mira a Carlos mientras él se sienta incómodamente a la mesa.

Yo estoy de pie al lado del fregadero.

—A Jerome le gustaban las de chispas de choco-
late—dice Kim—, pero estas son de avena y pasas.
Puedes mojarlas en leche.

—Gracias, Kim—dice Carlos, mojando la galleta en
el vaso de cristal que ella le ha dado. Le da un mordisco.

Pobre Carlos. Su cara hace una mueca. Igual que

yo y mi atún (la última comida que comí), su galleta sabe a tierra.

—Jerome debería haberte invitado a casa. Yo me temía que no tenía amigos. Jerome era bueno, pero un poco callado. Era retraído—la abuela sonríe.

—¿Tú eras su buen amigo?—extiende su mano hasta la de Carlos.

—Yo era su buen amigo—responde Carlos; entonces traga y continúa—. Yo le di la pistola.

Asombrada, la abuela se queda paralizada.

—No pretendía que causara ningún daño. Era solo un juguete.

Kim da golpecitos en la espalda a la abuela.

Estoy orgulloso de Carlos. Su historia no es fácil.

—Solo quería que Jerome se divirtiera un poco. Que jugara. Él había sido amable conmigo y yo también quería ser amable con él—Carlos comienza a llorar, y Kim comienza a llorar.

—Lo siento, lo siento—murmura Carlos.

La abuela los acerca a los dos juntos y les da un abrazo y los acuna. Llorando a gritos, los tres se agarran con fuerza. La cocina nunca pareció tan pequeña.

Yo miro por la ventana. No puedo verlos, pero sé

que los chicos fantasmas están ahí abajo, deambulando, vagabundeando. Me volteo hacia mi familia viva: la abuela, Kim y Carlos.

La abuela respira profundo.

—Lamento haber dejado que Jerome saliera a jugar. Debería haberle dicho que hiciera sus tareas de la escuela. Pero se veía muy contento. Travieso. Yo sospechaba que escondía algo. Sin embargo, estaba contenta de que fuera un poco travieso. Era muy buen chico todo el tiempo. Pensé: ¿qué estará tramando? ¿Por qué no dejar que tenga…?

—Un poco de diversión —dice Kim—. Jerome nunca se divertía mucho.

—¿Tú lo sabías? —pregunta la abuela—. ¿Tú sabías que Jerome tenía una pistola de juguete?

Kim agacha la cabeza.

—Ella intentó detenerlo —dice Carlos enseguida—. Intentó detenerme. Dijo que a usted no le gustaría.

La abuela acaricia la mejilla de Kim, y su pulgar seca sus lágrimas.

—Está bien, Kim. Yo te amo. No se puede deshacer lo malo. Solo podemos hacer todo lo posible para arreglar las cosas.

La abuela va hasta el armario, agarra un pañuelo de papel y se suena la nariz. También les da pañuelos a Kim y a Carlos.

—Carlos, dime tres cosas buenas.

Kim se ríe entre lágrimas.

—El tres. Ese es el número mágico de la abuela.

Oír a los tres me recuerda los buenos tiempos. Carlos está en mi lugar. El tres es mágico. Kim, Carlos y la abuela.

—¿Puedo agarrar antes otra galleta?—pregunta Carlos.

Los tres están sentados comiendo galletas.

Espero que Carlos le diga a la abuela tres cosas buenas, pero en cambio dice otra cosa.

—Siento haber tardado tanto en hablarle de la pistola. Siento vergüenza. Kim fue paciente. Creyó en mí y me ayudó a ser valiente.

Sonrojándose, Kim no dice nada.

Yo sabía que Carlos era un buen amigo. Kim, una buena hermana. Y la abuela, con el corazón lo bastante grande para amar a todos. Los tres ayudarán a mamá y a papá a sentirse mejor.

Yo me siento mejor.

Una cosa más que hacer antes de que me vaya.

SILENCIO

Sarah no le habla a su papá. Yo no sé por qué, pero me molesta. Eso es malo.

Igual que me molesta que su cuarto ya no sea rosa. Las paredes siguen pintadas de rosa, pero la colcha ya no está. Solo hay sábanas blancas. Sus fundas de almohada ya no tienen volantes de color rosa y blanco. Sus peluches de cerditos viven en la papelera. Su lámpara de bailarinas está en el armario. Ella pasa horas delante de su computadora.

Cierto que su casa es grande, bonita y con aire acondicionado. Las calles de su barrio están bien iluminadas. Las aceras ni siquiera tienen grietas. Cuelgan canastas de básquet sobre los garajes para dos autos. Es hermoso pero demasiado tranquilo. Todos aquí viven en el interior de las casas. Resplandece el brillo de los televisores.

Si mi familia viviera aquí, estarían afuera cada día

y cada noche. Mamá podría tener un jardín en lugar de sus lamentables plantas en tiestos. La abuela no tendría que preocuparse. Kim podría leer con una lámpara en el porche, y papá podría lanzar tiros a canasta toda la noche.

—¡Sarah!

—¿Qué?

—Haz otra cosa.

—Estoy creando una página web. "Fin al racismo y la injusticia". ¿Sabías que policías disparan a los afroamericanos dos veces y media más que a blancos? Pero ellos constituyen solo el trece por ciento de la población. En 2015, fueron asesinados más de mil afroamericanos desarmados. Es horrible.

Lo es.

Yo miro fijamente la pantalla de la computadora. Fotografías. Titulares. Artículos. Videos. Sarah ha estado trabajando duro.

¿Realmente una página logra algo? ¿Provoca un cambio?

—Mira, aquí están los enlaces. Este es sobre Emmett Till. Este enlace te lleva a artículos sobre ti. El video…

—Para—no quiero un enlace de mi muerte.

—Te estoy ayudando.

Yo miro fijamente. Sarah está más pálida. El verano está esperando afuera; sin embargo, ella apenas sale de su cuarto. Nunca juega con amigas.

En el piso de abajo, su papá bebe y mira fijamente el televisor. Su mamá se pasa los días durmiendo en la cama.

—No puedes ayudarme. No puedes ayudar a los muertos.

Sarah se queda sorprendida.

—La gente debería saber.

—¿Para que no vuelva a suceder?

—Sí, para que no vuelva a suceder.

Sarah es intensa y feroz de una manera nueva. Ahora sabe que suceden asesinatos a chicos jóvenes. Todavía me molesta que su familia no sea feliz, igual que mi familia no es feliz. Me molesta que el mundo entero no sea feliz.

—Deberías hablar con tu papá.

—Lo odio. ¿Tú no?

¿Lo odio yo?

Mamá, papá y la abuela me enseñaron que odiar no está bien.

—No, yo no odio a tu papá, y tú tampoco deberías odiarlo.

—Él te mató.

—Cometió un error.

—Es un racista.

—Cometió un error. Uno muy malo. *Realmente malo.*

Igual que estuvo mal que Mike, Eddie y Snap me acosaran en la escuela. Que acosaran a Carlos. Ellos decidieron que no les caíamos bien.

—Está mal que te acosen sin razón alguna—digo apenado—. Es peor cuando alguien tiene una razón, como el prejuicio. ¿Cómo aprendió eso tu papá? ¿Quién le enseñó? Tú no tienes prejuicios. Él reaccionó hacia mí sin conocerme.

—Él es un abusón.

—No es tan sencillo—digo yo, cansado. Mike, Eddie y Snap solo tenían palabras y puños. Los policías tienen armas.

Sarah siente un escalofrío y regresa dando vueltas en su silla hacia la computadora.

—Hay muchas historias aquí. Muchos nombres.

Yo estudio la pantalla. Es feo; ver los nombres, las fotografías de otros chicos afroamericanos hace que sea difícil olvidarlos. Alguien verá mi nombre. ¿Quizá me recordarán? Que recuerden que yo tenía una vida antes de que fuera famoso porque me dispararon.

—Sarah —digo acercándome un poco más—, habla con tu papá. Algo en su interior no va bien.

—Sí, lo sé. Está asustado —murmura ella.

—¿Puedes ayudarlo a no tener miedo de los chicos afroamericanos?

Sarah agacha la cabeza. Está llorando.

—Hasta luego —digo yo y, cerrando mis ojos, desaparezco.

He mejorado mucho en ser un fantasma. En estar aquí. Allá.

—Sarah —le digo, reapareciendo—. Tenías razón. Importa que tú me veas, y que yo te vea a ti. Que comparta mi historia.

Sarah levanta la cabeza y me mira. Sus ojos son

genuinos; tienen profundidad. Son muy azules, y brillan con las lágrimas.

—Si las personas saben más sobre otras personas —dice ella—, quizá no estarán asustadas.

—¿Como tú? ¿Igual que a ti no te asustan ni los fantasmas?

Sarah se ríe.

—¿Vas a hablarle al mundo sobre mí?

—Sí. Y sobre cualquier otro que haya sido herido debido al miedo.

—Los policías deben asustarse muchas veces.

—Pero no deberían asustarse más solo porque alguien es afroamericano —Sarah retuerce sus manos, inhala y exhala. Habla con rapidez—. Algunos se alegran de que no acusaran a mi papá. Parte de mí también se alegra. Él es mi papá y lo amo. Cometió un error, pero su compañero y él lo empeoraron aún más cuando no intentaron ayudarte. Los autos patrullas tienen kits de primeros auxilios —entonces se detiene.

—¿Por qué no intentó detener tu hemorragia? —mirándome directamente, suplica que le dé una respuesta.

—No lo sé.

LOS CHICOS FANTASMAS

Su expresión me recuerda a Kim, a lo esperanzada que puede estar cuando quiere que yo le ayude. Pero Sarah tiene que ayudarse a sí misma.

—Dime tres cosas buenas sobre tu papá.

Recordando, ella se relaja.

—Papá nos ama mucho a mí y a mamá. Solía cargarme sobre sus hombros. Balanceándome, agarraba mis piernas hasta que llegábamos al huerto de calabazas. O a la playa. Al castillo de la Bella y la Bestia. Me encantaba cómo me cargaba. Cuando iba sobre sus hombros, veía el mundo.

—¿Qué más?

—Me lleva a patinar. Últimamente no, pero lo hace. Tiene que hacerlo. No sabe que yo sé que lo aborrece—Sarah agacha la cabeza, y entonces me mira levantando una de sus cejas.

—A papá le encanta ser policía. Quería ser policía porque su papá era policía—entonces se le quiebra la voz—. Tiene premios a la valentía. Por salvar vidas. ¿Cómo pudo estropearlo?

—Sarah, habla con tu papá.

—Estoy asustada.

—Parece que todo el mundo está asustado.

Excepto yo que estoy muerto, ya no estoy asustado.
No me asustan los abusones. Los policías. La muerte.

Era yo. Un buen chico. Como Emmett, como cientos de otros chicos.

Otros, incluyendo al papá de Sarah y a los asesinos de Emmett, vivieron mal la vida.

Yo apenas pude vivir.

Emmett me dijo que los hombres que lo mataron nunca creyeron que habían hecho nada malo. Un jurado formado completamente por personas blancas los declaró inocentes.

La jueza dijo que no había evidencia suficiente para acusar de un crimen al oficial Moore. Pero él no lo está celebrando.

¿Es eso progreso?

Sarah sabe que tiene que hablar con su papá. Probablemente no le gustará lo que oiga, pero tiene que oírlo.

LOS CHICOS FANTASMAS

Veo imágenes de Sarah, ya adulta, escribiendo libros, protestando a favor del cambio. Enseñando a personas cómo ver a otras personas. Enseñando a sus hijos (imagina, ¡Sarah como mamá!) a aprender, no a juzgar.

—Sarah, haz que la gente escuche. Que vea, que realmente *vea* a las personas. Asegúrate de que no muera ningún otro chico sin razón alguna.

Quiero decir más cosas, pero no lo hago. Sarah va a estar bien. Es una chica blanca pero no es "la chica blanca". Ella es Sarah. Los otros chicos y yo en la pantalla de su computadora tenemos nombres. Jerome Rogers. Tamir Rice. Laquan McDonald. Trayvon Martin. Michael Brown. Jordan Edwards. Somos personas. Chicos afroamericanos.

El color de la piel no debería asustar a nadie. ¿Es porque sucedió la esclavitud? ¿Es por eso que algunas personas blancas tienen miedo a los afroamericanos? No lo sé. *Despierten, gente,* quiero decirle a todo el mundo. *El miedo, los estereotipos sobre los chicos afroamericanos, no hacen que el mundo sea mejor.*

Jewell Parker Rhodes

* * *

—Adiós, Jerome—dice Sarah, estremeciéndose un poco.

—Adiós, Sarah. *¿Quién pensaría que yo haría una amiga después de la muerte?*

—No te olvidaré. No permitiré que nadie te olvide tampoco.

—Haz eso, Sarah.

Está bien que Sarah todavía esté inquieta; debería estarlo. Así es como Sarah se ayuda a sí misma y al mundo.

Yo me quedo merodeando afuera de la casa, sintiéndome inquieto. Todavía no ha terminado.

—¡Papá!—grita Sarah, apenada y a la vez demandante.

Afuera, en el patio, puedo ver a Sarah dentro de la casa, bajando las escaleras. Con cautela, se acerca a su papá que está en el sofá. Él mira aturdido y con dolor.

—¿Papá?

Él extiende sus brazos. Sarah lo abraza por el cuello, enterrando su cara contra su pecho.

El oficial Moore besa su cabeza. Tres veces.

Sarah se aparta. A un brazo de distancia, mira fijamente a su papá.

—¿Me ayudas con mi proyecto?

Su papá siente como si le hubieran dado un puñetazo en el estómago. Su rostro pierde el color.

—¿Sobre el joven al que maté?

—También sobre otros que murieron debido a errores. Por prejuicio.

Su papá le da un fuerte abrazo. No puede hablar. Yo no puedo ver la cara de Sarah, pero sí puedo ver la de su papá. Su mandíbula apretada y sus cejas que se elevan y bajan. Lágrimas. Sus labios fruncidos. Arrugas en su frente. Su rostro se contorsiona por demasiadas emociones.

Con los ojos cerrados, exhala. Abraza más fuerte a Sarah, y besa su cabello.

—Claro —susurra entre sollozos—. Claro que sí.

—Te amo.

*   *   *

Eso es lo que yo necesitaba ver. Escuchar. De Sarah y de su papá.

EL DÍA DE LOS MUERTOS

Es 1 de noviembre. El Día de Todos los Santos para la abuela, el Día de los Muertos para los Rodríguez.

Las dos familias están haciendo un picnic. Justamente sobre mi tumba.

Mamá y papá se ven mejor, menos tensos. La abuela, Carlos y Kim están alegres, decorando mi lápida y poniendo muslos de pollo y pan de maíz sobre mi montículo. Los padres de Carlos han llevado tamales. Me gustaría poder probarlos. Su mamá lleva puesto un vestido con volados, y flores de color rosa en su cabello. Hay una bebé en un carrito. Rodeando su frente lleva una banda de color rosa con círculos de flores tejidos.

La mamá de Carlos es especialmente amable con mi mamá. Su papá estrecha la mano del mío.

La abuela, Carlos y Kim hablan conmigo como si estuviera delante de ellos. *Y sí que estoy.* Aunque ya sé que no pueden verme.

Kim me dice que Sarah le envió un libro. *Mujercitas.*

—Es bueno. Imagino que todas las hermanas son afroamericanas.

—Jerome, saluda por mí al abuelo Leni —la abuela recorre mi nombre con su dedo. Después el nombre del abuelo—. Los amo a los dos —y prende velas.

—El Día de los Muertos —dice Carlos—. Tu día para jugar, Jerome. Solo un día. Pero estaré aquí el próximo año también, y el siguiente y el siguiente. Nunca te olvidaré.

Sonriendo, Carlos pone un balón de básquet donde cree que podría estar mi mano dentro de mi ataúd.

—Juega al básquet con tus amigos, mi amigo.

Bien podría hacerlo. Un torneo de chicos fantasmas.

La abuela aprieta fuerte a Carlos y desdobla un cuadrado de papel.

—Esto significa mucho para mí, Carlos.

Me inclino por encima del hombro de la abuela. Es

una fotografía mía. Puedo decirlo por mis ojos y mi cabello rizado. Pero soy una cara esquelética. Ojos grandes, una calavera reducida, con diseños de arco iris.

—No debe dar miedo como en Halloween —dice Carlos—. Los mexicanos honran a los muertos. Los dibujos de calaveras honran a nuestros seres queridos.

—Yo también quiero dibujar. ¿Puedes enseñarme? —pregunta Kim.

—Claro. Es fácil.

—Agarra una —la señora Rodríguez, la mamá de Carlos, quita el plástico de una bandeja. Hay pequeñas calaveras de azúcar alineadas en filas—. El Día de los Muertos celebra la vida.

Sí que lo hace. Dulces. Buena comida. Es consolador ver juntos a mi familia y la familia de Carlos. A papá le encantan los tamales. Al papá de Carlos le gusta la ensalada de papas de mamá.

Es bueno ver a Kim ser amiga de Carlos, oír a la abuela murmurar lo mucho que me extraña y que recuerda lo mucho que me gustaba jugar a los juegos de video.

—Le voy a regalar a Carlos los juegos de Jerome.

205

Carlos sonríe y grita un sonoro "sí".

—¿Quizá algunas veces Jerome puede verte jugar?

—Eso me gustaría—dice él. Entendiéndose perfectamente entre ellos, los dos estrechan sus manos.

Vivos, los muertos están cerca.

Kim chupa una calavera.

—No, no te la comas, Kim. Es para decorar.

Carlos pone seis calaveras de azúcar sobre mi lápida. Una calavera diminuta tiene mi nombre grabado. La abuela prende velas sobre mi tumba y la del abuelo Leni.

Emmett aparece a mi lado.

—Eres recordado. Todos lo somos.

Uno por uno, va apareciendo el grupo de fantasmas.

Estoy en casa con los chicos finos como el humo llenando el cementerio.

—¿Cesarán los asesinatos?

—Algún día. Tienes que creer, Jerome. Tienes que creer.

Emmett parece un hombre viejo. Más viejo todavía desde que lo conozco. Su agotamiento me asusta. Aunque sea un fantasma, ¿la tristeza me hará ser más viejo...y más viejo?

Miro alrededor.

Me doy cuenta de que chicos fantasmas, miles de chicos fantasmas, están intentando cambiar el mundo. Por eso no nos hemos despedido. Por eso no nos hemos ido realmente.

—Emmett, cada uno de nosotros tiene a alguien que lo *ve*, ¿no es cierto? ¿Alguien con quien hablar?

Emmett asiente con la cabeza.

—Algunas veces, más de uno. Solo los vivos pueden hacer cambios.

—¿Con quién hablabas tú? ¿Quién te veía?

—Thurgood. Thurgood Marshall. Un abogado en el juicio de mi asesinato. Ganó muchas batallas por los derechos civiles. Llegó a ser juez.

—A Sarah le irá bien—digo yo con confianza. A Carlos y a Kim también.

—Es momento de marchar.

—¿Dónde?

—A vagar, hasta la próxima vez. Tenemos que ayudar a hablar a los muertos.

—Los chicos fantasmas nos mantenemos juntos— digo con firmeza.

—Al menos hasta que ya no haya más asesinatos—responde Emmett—. Hasta que el color de la piel no importe. Solo las amistades. La bondad. La comprensión.

—La paz—ese es mi deseo también.

ESE DÍA

Respiro con libertad, entra aire frío y sale aire caliente. Mi cuerpo se mueve rápido, adelante y atrás, de un lado a otro. Voy corriendo, esquivando, peleando contra los malos. No sé quiénes son los malos; son simplemente chicos malos. No pienso en nadie de la vida real; tampoco en Mike, Eddie o Snap. Ni siquiera pienso en Carlos.

Es bueno estar afuera, jugando en las calles. Nadie va a tocarme ni a molestarme.

Con una pistola, me siento poderoso. Como un tirador en un juego de video. Excepto que yo estoy *dentro* del juego. Siento la ráfaga de aire; me arden los pulmones, imaginando que soy un chico bueno. Un policía. Mejor aún, una estrella de cine que hace el papel de policía. Un agente del futuro que golpea con rayos láser. Destruyendo alienígenas, zombis. Soy valiente y osado.

—Allí. Por allá —grito. Un chico malo. *Pum*.

Es divertido. Mejor que golpear pulsando botones de control. También es peligroso. Emocionante. Por una vez, los traficantes en la vida real podrían evitarme. Eddie, Mike y Snap no se atreverían a derribarme.

Se acerca la Navidad.

Green Acres no es triste. Es verde. Una tierra de aventuras. Disparo desde detrás de los árboles. *Pum, pum*. Esquivo, y persigo a los malos. Hay un barrizal que debo evitar. Un arroyo que tengo que cruzar saltando.

Pum. El malo ha sido derribado. Me siento, y recupero el aliento. Tengo la pistola en mi costado.

Mi respiración es más lenta; se agota la energía. Hace frío, pero siento calor en mi cuerpo.

Me gustaría estar jugando con Carlos. Entonces sería un juego de verdad, de imaginación. Diversión con un amigo.

Al estar solo, simplemente lo finjo. Arriesgándome

a que alguien pudiera pensar que soy un matón y quiero una balacera de verdad. Y si Eddie estuviera aquí, a pesar de ser un idiota, no creo que yo podría acosarlo. No sentiría que eso está bien. A mi familia no le gustaría.

Es tiempo de irme a casa.

Movimiento. Lo veo por el rabillo del ojo. Un auto se dirige hacia mí, apunta hacia donde estoy, como si fuera a saltarse el bordillo.

Me volteo. Intento huir.

Pum. Pum.

Suenan los frenos.

Caigo de bruces.

Empieza a brotar sangre; la tierra de Green Acres se oscurece. La nieve se vuelve roja. No puedo levantar ni girar mi cabeza.

Zapatos...algunos corren, caminan hacia mí. Se están acercando personas. Dos pares de botas negras están cerca de mi cabeza.

Se ha disipado todo el sonido del mundo.

Solamente oigo mi corazón. Escucho que sale sangre de mi cuerpo.

—Es de juguete—digo balbuceando, tartamudeando. Mi mano derecha se abre y se cierra en el aire. No quiero perder la pistola de Carlos.

Siento el dolor. Dentro de mi cuerpo hay dos cartuchos de fuego. Me queman, abrasan mi hombro derecho y mi espalda baja. ¿Qué sucedió? ¿Qué me sucedió?

Llamen a un médico. Ayúdenme.

Es difícil respirar. La sangre llena mis pulmones, mi garganta. Mi corazón late... se lentifica, más lento, lento.

Quiero ver una cara. Mamá. Que alguien agarre mi mano. Abuela.

Cierro los ojos. Siento que mi espíritu se eleva.

MUERTO

ÚLTIMAS PALABRAS

Da testimonio. Se ha contado mi historia.

Despierta. Solamente los vivos pueden hacer que el mundo sea mejor.

Vive y mejóralo. No dejes que yo

(ni nadie más)

vuelva a contar esta historia.

Que haya paz.

El chico fantasma

EPÍLOGO

Durante mi vida, Emmett Till y un sinnúmero de otros adolescentes y jóvenes han muerto debido al racismo consciente o inconsciente. Sin embargo, tanto muerte de Tamir Rice a los doce años como la muerte de Emmett Till con catorce me perturbaron, porque sus muertes criminalizaron a chicos afroamericanos siendo niños. Es trágico cuando los adultos, que deben proteger a los niños, en cambio, traicionan la inocencia de un niño. Una muerte así nos impacta a todos.

Este libro incluye la historia actualizada de la interacción de Emmett Till con Carolyn Bryant. Por más de sesenta años ha habido declaraciones —orales, escritas y algunas bajo juramento— de que Till había asaltado físicamente y verbalmente a la señora Bryant. Lo que se sugería era que Till provocó su castigo. El libro de Timothy B. Tyson, *The Blood of Emmett Till* (La sangre de Emmett Till) corrige esta "memoria histórica" distorsionada. La señora Bryant, quien identificó a Till ante sus asesinos, ha confesado ahora con ochenta y dos años: "Nada de lo que hizo ese chico podría justificar nunca lo que le sucedió". La muerte de Till se basó en una mentira. No se han presentado cargos criminales contra la señora Bryant, su acusadora.

Es mi esperanza que padres y maestros lean *Los chicos fantasmas* con sus hijos y con sus alumnos, y dialoguen sobre prejuicios y tensiones raciales que todavía obsesionan a los Estados Unidos. Mediante el diálogo, la consciencia y la acción social y civil, espero que nuestra juventud sea capaz de desmantelar el racismo personal y sistémico.

Mi familia siempre ha celebrado y honrado a los muertos. Para mí, era importante que Jerome y Carlos tuvieran una amistad que iba más allá de la vida. Por lo tanto, también quise subrayar que las creencias de la abuela y de los Rodríguez estaban interconectadas.

En todo el mundo, honrar a los muertos es un tema cultural. La adoración a los ancestros de varias tribus y culturas mesoamericanas (particularmente los aztecas) creó la fiesta del Día de los Muertos. Más de un millón de esclavos africanos vivieron en el México colonial, y su vida después de la muerte quizá ha influenciado también en los rituales del Día de los Muertos.

La celebración del Día de los Muertos comienza la medianoche del día 31 de octubre. A los niños fallecidos (angelitos) se les permiten veinticuatro horas para jugar con sus familias. Al día siguiente, se honra a los espíritus de los adultos. El catolicismo, muy extendido en los Estados Unidos y en México, celebra el día 1 de noviembre como el Día de Todos los Santos (honrando a los santos) y el día 2 de noviembre como el Día de Todas las Almas (honrando a los familiares muertos). Las celebraciones del Día de los Muertos se fundieron con tradiciones católicas probablemente en el siglo XVI. El Día de los Muertos celebra vida, relaciones familiares, y les recuerda a las personas que disfruten de la vida. Las familias levantan altares a sus seres queridos, llenándolos con bebidas y comidas favoritas. Limpiar las tumbas y relatar historias sobre los muertos son aspectos importantes de honrar los recuerdos y las tradiciones familiares.

Creer que los muertos siguen estando "presentes" le dio incluso más urgencia para que escribiera esta novela. Sí creo que, como persona que está viva, estoy en la obligación de honrar y hablar por aquellos que ya no pueden hablar por sí mismos.

"Dar testimonio" ha sido crucial por mucho tiempo para las comunidades afroamericanas y ciertamente para todos los grupos étnicos que han sufrido opresión. "Dar testimonio" significa utilizar tu historia personal y/o cultural para testificar contra las desigualdades, la injusticia y el sufrimiento. "Dar testimonio" incluye con frecuencia el trauma personal, como la muerte y las experiencias posteriores de Jerome. Contar su historia lo ayuda a lidiar con su dolor, pero también produce una catarsis (limpieza emocional), lo cual le permite aceptar su muerte y su papel como narrador en la vida después de la muerte. Al "dar testimonio", Jerome empodera a Sarah (y a otros en el futuro) para luchar contra el prejuicio racial y la discriminación.

———————

Como artista, yo "doy testimonio" y espero empoderar a los lectores para "hacer que el mundo sea mejor".

Es mi esperanza que *Los chicos fantasmas* fomente un cambio significativo para toda la juventud.

Desde que *Los chicos fantasmas* se publicó en inglés en abril de 2018, he tenido el honor de conocer a jóvenes que ahora se sienten empoderados, más que nunca, para luchar contra la discriminación y el prejuicio. Chicos tan pequeños como de seis años, otros con dieciséis, e incluso un padre de veintiséis años, me dieron las gracias por expresar amor y recuerdo hacia los chicos fantasmas de los Estados Unidos.

Todo el mundo ha apreciado el contexto histórico del asesinato de Emmett Till en 1955. Un chico de secundaria dijo de manera conmovedora: "¿Te refieres a que no soy yo? ¿A que esto es un patrón?". La conclusión de que este joven había interiorizado de algún modo que *él* era el problema casi me rompe el corazón. Su sensación del yo interior, su sensación de herencia racial y étnica, habían sido distorsionadas por el racismo explícito e implícito. "No. No hay nada de malo en ti. Tú eres único y hermoso".

La esclavitud estadounidense, que recurría a la raza para degradar, perseguir y adueñarse de personas, fue la primera herida. Todavía queda más trabajo que hacer para revertir este legado dañino.

Jerome dice: "Solo los vivos pueden hacer que el mundo sea mejor. Vive y mejóralo". He preguntado a alumnos en salones de clase y en auditorios: "¿Quién está vivo?". Todos levantan sus manos. "Entonces, ¿qué van a hacer?". "**¡VIVIR Y MEJORARLO!**", gritan a una.

Los niños son poderosos, y ellos van a cambiar nuestro mundo para mejor y hacer que sea más justo e inclusivo. Creo eso porque he tenido la bendición de ver sus caras y sentir su pasión. También estoy agradecida a los maestros y los bibliotecarios que están alimentando a la siguiente generación y educándolos acerca de la igualdad y la justicia social. Todos ustedes son héroes que dan testimonio a nuestra humanidad común.

PREGUNTAS DE DISCUSIÓN SOBRE *LOS CHICOS FANTASMAS*

1. ¿Cómo reaccionaste al comienzo de la lectura de *Los chicos fantasmas*?
   a. Rhodes redacta *Los chicos fantasmas* con frases breves y claras. ¿Por qué crees que decidió escribir el libro con este estilo? ¿Qué efecto tiene en tu experiencia de lectura?
2. ¿De qué manera conecta *Los chicos fantasmas* el pasado y el presente? ¿Cómo y por qué el libro salta hacia delante y hacia atrás en el tiempo?
3. ¿Cuál era la importancia de mostrar las vistas preliminares?
4. ¿Qué es el prejuicio racial, y cómo afecta la historia

de *Los chicos fantasmas* y eventos de la vida real? (Página 86–87).

a. Muchas personas han interpretado el movimiento Black Lives Matter (Las vidas de los negros importan) como un movimiento "antipolicía". ¿Te parece *Los chicos fantasmas* un libro antipolicía? ¿Cómo retrata el libro al oficial Moore, y a la policía en general?

b. ¿Qué sabías sobre el movimiento Black Lives Matter y el movimiento por los derechos civiles antes de leer *Los chicos fantasmas*? ¿Cómo informó eso tu lectura del libro? ¿Qué has aprendido sobre estos movimientos a lo largo del libro?

5. ¿Por qué *Los chicos fantasmas* hace referencia a *Peter Pan*? (Página 100).

a. ¿Cómo afecta la experiencia de Jerome de sufrir acoso escolar su sentimiento del yo propio y de sus relaciones con sus familiares?

6. ¿Cuál es el propósito en el personaje de Sarah, y en tener la capacidad de ver a Jerome? ¿Qué simboliza ella?

7. ¿Y el personaje de Carlos? ¿Qué papel desempeña el Día de los Muertos en *Los chicos fantasmas*?

   a. ¿Cómo conecta la espiritualidad del Día de los Muertos con la comprensión de la muerte que tienen la abuela y Kim?

   b. ¿Por qué es importante que Carlos admita haberle dado a Jerome la pistola de juguete?

8. ¿Quién era Emmett Till? ¿Cómo afecta su historia real a *Los chicos fantasmas*, y cuál es la importancia de que Emmett Till cuente a Jerome su historia?

9. ¿Qué quiere decir la autora con la frase: "Aunque la vida termina, no termina"? (Página 157).

10. ¿Por qué le dice Emmett Till a Jerome: "Da testimonio"? (Página 173). ¿Qué significa "dar testimonio"?

11. La abuela de Jerome pide frecuentemente a otras personas: "Dime tres cosas buenas". Sigue la pista a la repetición de este tema a lo largo de la novela. ¿Qué revela sobre la abuela, Jerome y otros personajes? ¿Cuándo reaparece, y cuáles son las relaciones entre esas escenas?

12. La autora escribe: "No se puede deshacer lo malo.

Solo podemos hacer todo lo posible para arreglar las cosas" (página 189). ¿Cuál es el significado de eso? ¿Cuáles son algunas maneras de poder arreglar las cosas?

13. En la página 198, Jerome observa que declararon inocentes a los atacantes de Emmett, igual que al oficial Moore. ¿Cuál es el significado de esto?

14. ¿Por qué no se han despedido los chicos fantasmas? (Página 207).

15. ¿Qué quiere decir la autora con la frase: "Solo los vivos pueden hacer que el mundo sea mejor. Vive y mejóralo"? (Página 228). ¿De qué maneras puedes mejorar el mundo?

16. ¿Qué te pareció *Los chicos fantasmas*? ¿Cómo te hizo sentir?

17. ¿Cómo crees que *Los chicos fantasmas* podría afectar el modo en que ves a otras personas, a los Estados Unidos y el mundo?

OTROS RECURSOS PARA PADRES Y EDUCADORES

Si estás interesado en aprender más sobre los temas planteados en *Los chicos fantasmas*, los siguientes son algunos recursos en el internet. Por favor, observa que la mayoría de estas páginas web no están dirigidas a una audiencia joven y están en inglés.

Jewell Parker Rhodes Educator Guide: jewellparker rhodes.com/children/teaching-guide-ghost-boys/
Our Lives Matter PSA: youtube.com/watch?v=QUG 811lqtRs
Este video breve ilustra los orígenes del activismo juvenil. También puede usarse como actividad de

apertura al presentar la novela, ya que conecta con muchos de los temas que se tratan en *Los chicos fantasmas.*

#BlackLivesMatter: youtube.com/watch?v=mI7eHX9u4Q0

Una mirada a la historia del movimiento: este video proporciona un resumen del origen del movimiento Black Lives, a la vez que capta cómo surge el activismo, cómo agarra ímpetu y cómo logra un cambio social.

Letra y grabación de "Glory": genius.com/Common -glory-lyrics

La canción "Glory" de John Legend y Common de la película *Selma* proporciona un claro ejemplo de arte contemporáneo en la intersección del movimiento por los derechos civiles, el movimiento Black Lives y la tradición oral afroamericana.

Representación de danza de "Glory": io

Esta pieza, coreografiada por Shontal Snider y realizada por la Capitol Movement Pre-Professional Company en 2015, proporciona un ejemplo más del arte como activismo. Invita a los estudiantes a dialogar sobre la relación entre la letra de "Glory" (traducida "justicia para todos no es lo bastante específico") y el cartel de "Todas las vidas importan" que aparece al final de la representación.

Black Lives Matter: Un movimiento en fotografías: abcnews.go.com/US/photos/black-lives-matter-move ment-photos-44402442/image-44402849

Estas potentes fotografías documentan ejemplos contemporáneos de dar testimonio y el arte como activismo, y también de niños y jóvenes como activistas. Esta colección podría utilizarse para iniciar la redacción y la discusión sobre el Movimiento Black Lives así como en comparación con imágenes del movimiento por los derechos civiles. Nótese que se da crédito a los fotógrafos individuales en la esquina inferior derecha de cada fotografía.

Jewell Parker Rhodes

es la autora de *Ninth Ward*, un libro que honra a Coretta Scott King; *Sugar*, ganador del premio Jane Addams de libros infantiles; *Bayou Magic*; y *Towers Falling*. Ha escrito también muchos libros galardonados para adultos.